KB269234

IN
OUR
TIME

우리 시대에

우리 시대에

초판 1쇄 발행일 2025년 12월 23일

지은이 어니스트 헤밍웨이
옮긴이 김범우
펴낸이 허주영
펴낸곳 시우
디자인 황윤정

주소 서울시 종로구 부암동 332-19
전화 · 팩스 02-6085-3730 / 02-3142-8407
등록번호 제 204-91-55459

ISBN 979-11-87694-33-5 03840

가격은 뒤표지에 있습니다.
잘못된 책은 바꾸어드립니다.

IN OUR TIME

우리 시대에

어니스트 헤밍웨이 지음
김범우 옮김

일러두기

1. 이 책의 번역 판본은 1924년 미국 언론인으로 파리에서 기자로 활동했던 윌리엄 어거스터스 버드(William Agustus Bird, 1888~1963)가 1922년 파리에서 창립했고, 에즈라 파운드(Exra Pound)가 편집자였던 소규모 고급 출판사 스리마운틴스프레스(Three Mountains Press)에서 1924년 영어로 출간한 《in our time》에 실린 제목 없는 18개의 짧은 삽화(vignettes)들과 이 삽화들을 16개의 인터루드(interlude)로 재배치하며 그 사이사이 15편의 단편소설을 삽입해 1925년 미국 출판사 보니앤리버라이트(Boni&Liveright)가 뉴욕에서 출간한 헤밍웨이의 첫 단편 소설집 《In Our Time》 초판본이다. 이 1925년 판본에는 단어의 의미처럼 '짧은 맺음말' 또는 '후기' 같은 형식으로 쓰인 〈랑부아〉가 포함되어 있으나, 1930년 미국 스크리브너스 출판사(Charles Scribner's Sons)에서 재출간된 《In Our Time》에 작가의 서문 형식으로 추가 수록된 〈스미르나 부두에서〉는 실리지 않았다. 그렇지만 독자의 편의를 위해 이 책에 모두 포함했음을 미리 밝혀둔다.

2. 본문의 주는 모두 옮긴이가 달았다.

차례

스미르나 부두에서
On The Quai At Smyrna

이상하기 짝이 없었다고 그가 말했다.

매일 밤 자정만 되면 그들은 비명을 질러대는 거야. 그들이 그 시각에 왜 비명을 질러댔는지 지금도 도통 모르겠어. 그 당시 우리는 항구에 정박해 있었고 그들은 모두 부두에 있었는데, 자정만 되면 비명을 지르기 시작하는 거야. 우리는 그럴 때마다 탐조등을 켜서 그쪽을 비추곤 했어. 사람들을 진정시키려고 말이야. 효과는 늘 있었지. 탐조등을 위아래로 두어 번 비추면 잠잠해졌거든.

내가 부두의 선임 장교로 근무할 때였는데, 튀르키예 군 장교가 날 찾아와서는 우리 수병 하나가 욕을 했다면서 노발대발하는 거야. 그래서 나는 그놈을 함선으로 보내 혹독하게 처벌할 테니 누군지 알려달라고 했지. 그랬더니 제일 유순한 화기 담당 부사수를 가리키는 거야. 그는 통역관을 거쳐 저 수병이 입에 담기조차 끔찍한 욕설을 계속 퍼부었다고 했어. 수병이 욕을 할 만큼 튀르키예 말을 잘한다고? 난 그 사실이 선뜻 믿기지 않더라고. 그래서 그를 불러 물어보았지.

"자네, 혹시 튀르키예 장교들과 얘기한 적 있나?"

"없습니다."

"그렇군. 알겠네. 오늘은 그만 함선으로 올라가고 부두로 내려오지 말게."

하지만 튀르키예 장교에게는 그 수병이 함선으로 돌아가 엄한 벌을 받을 거라고 말했어. "그렇지! 가장 호된 처벌!" 튀르키예 장교는 내 말을 듣고 매우 흡족해했어. 아무렴, 우리는 아주 친한 친구였지.*

가장 처참한 건 죽은 갓난아이를 안은 여자들이었다고 그가 말했다.

여자들은 죽은 아기를 절대 포기하지 않았어. 엿새가 지나도록 품에 안고 있더군. 처음엔 그냥 내버려두었지만 결국 강제로 아기를 떼어놓아야 했지. 상태가 아주 이상한 노파도 있었지. 의사에게 그 노파 얘기를 했더니 거짓말이라며 믿지 않더군. 여자들을 부두 바깥쪽으로 내보낸 뒤 시체를 치우던 때였네. 노파는 들것 비슷한 물건 위에 누워 있었는데, 수병들이 날 불렀지. "장교님, 이 할머니 좀 보십시오!" 그쪽으로 가자마자 노파는 숨이 넘어가더니 몸이 완전히 뻣뻣해지더군. 다리가 오그라들고 몸이

---

* 당시 영국과 그리스는 연합군이었고 터기로 불리던 튀르키예는 적이었다.

허리부터 구부러지면서 아주 딱딱하게 굳어버렸더라고. 이미 간밤에 죽은 듯한 모습이었네. 군의관에게 이 이야기를 했더니 있을 수 없는 일이라고 하더군.

그들은 모두 부두에 나와 있었지만 지진 같은 재해가 일어났을 때처럼 소동을 피우지는 않았네. 튀르키예 군에 대해 아무것도 몰랐거든. 늙은 튀르키예 사령관이 무슨 짓을 하려는지도 전혀 알지 못했지. 튀르키예 군이 더는 사람들을 태우러 오지 말라고 우리에게 지시하던 날, 기억하나? 그날 아침 항구에 들어왔을 때 나는 잔뜩 긴장했다네. 튀르키예 사령관이 대규모 포대로 우리를 바다 멀리 날려버릴 수도 있었거든. 우리는 항구에 들어가 부두를 끼고 항해하다가 앞뒤 닻을 내리고 튀르키예인 마을을 포격할 셈이었어. 튀르키예 군이 우리를 바다로 날려버리거나 우리가 마을을 완전히 쑥대밭으로 만들거나, 어느 쪽이 될지 모를 상황이었던 거야. 우리가 항구로 진입하자 튀르키예 군은 공포탄만 몇 발 쏘더군. 케말*은 튀르키예 군사령관을 직위 해제했지. 직권 남용인가 뭔가 하는 이유로 말이야. 하긴 그 늙은이가 분수에 넘치는 짓을 해서 하마터면 난장판이 될 뻔했으니까.

그 항구 기억하지? 물 위에 멋진 물건이 많이 떠다녔어. 내 인

---

* 무스타파 케말 아타튀르크(1881~1938). 튀르키예 공화국의 초대 대통령으로 1차 세계대전에 참전했다.

생에서 거기서 본 온갖 광경이 꿈에까지 나타나던 유일한 시절이었지. 아기를 낳는 여자들은, 죽은 아이를 안고 있는 여자들보다는 덜 신경 쓰였어. 모두 무사히 아이를 낳더군. 놀랍게도 죽는 아기는 거의 없었어. 무언가로 가려주기만 하면 됐지. 산모들은 늘 가장 어두운 곳을 골라 아기를 낳았다네. 부두를 벗어나면 그들은 아무것도 게의치 않더군.

그리스 군인은 인정 많은 놈들이었네. 철수할 때 짐 싣는 동물을 다 데려가지 못하자 앞다리를 꺾어 얕은 바다에 버리더라고. 앞다리가 부러진 노새들은 모두 얕은 물로 밀려 떨어졌지. 하나같이 즐거운 일이었어. 암, 그야말로 정말 즐거운 일이었고말고.

CHAPTER I

모두 취한 상태였다. 포병 중대 전원이 술에 취한 채 어둠을 뚫고 길을 따라 이동하고 있었다. 우리는 샹파뉴로 가는 중이었다. 말을 탄 중대장은 길과 들판을 오락가락하면서 말에게 주절거렸다. "난 취했어, 친구야! 무진장 취했다고." 우리는 어둠 속에서 밤새 걸었다. 부관이 내 야전 취사차 옆에서 말을 타고 가며 끊임없이 말했다. "불을 꺼. 위험하다고. 적에게 들킬지 몰라." 우리는 전선에서 50킬로미터나 떨어져 있었는데도 부관은 내 취사차에서 새어 나오는 불빛을 걱정했다. 행군은 참 재밌었다. 내가 취사 담당 상병 때였다.

인디언 부락

Indian Camp

호숫가에는 낯선 나룻배 한 척이 와 있었다. 인디언 둘이 우리를 기다리며 서 있었다.

닉이 아버지와 함께 배 뒷전에 앉자, 두 인디언은 배를 호수 쪽으로 힘껏 밀더니 한 사람이 올라타 노를 젓기 시작했다. 조지 삼촌은 인디언 부락에서 온 나룻배 고물에 올라탔다. 젊은 인디언이 혼자 배를 밀어 물에 띄우고 노를 저었다.

나룻배 두 척이 어둠을 뚫고 앞으로 나아갔다. 안개 속에서 닉은 저만치 앞서가는 나룻배의 노 젓는 소리를 들었다. 인디언들은 빠르고 거칠게 노를 저었다. 닉은 아버지 팔에 안긴 채 뱃고물에 등을 대고 있었다. 호수는 추웠다. 닉이 탄 나룻배의 인디언은 열심히 노를 저었지만, 조지 삼촌이 탄 나룻배가 안개를 헤치며 줄곧 앞서갔다.

"아빠, 지금 어디 가나요?" 닉이 물었다.

"인디언 부락으로 간단다. 어떤 여자가 매우 아프다는구나."

"그래요?" 닉이 말했다.

앞서간 나룻배가 건너편 호숫가에 정박해 있었다. 조지 삼촌은 어둠 속에서 시가를 피웠다. 젊은 인디언은 배를 뭍으로 끌어 올렸다. 조지 삼촌이 인디언들에게 시가를 건넸다.

일행은 등불을 든 젊은 인디언을 따라 호숫가를 등지고 이슬에 흠뻑 젖은 초원으로 들어섰다. 그리고 나서 숲속으로 들어가 목재 운반용 도로로 이어지는 언덕 위 오솔길을 따라 걸었다. 그 도로는 길가에 있던 나무를 모두 베어낸 덕분에 시야가 한결 밝았다. 젊은 인디언이 걸음을 멈추더니 등불을 훅 불어 껐다. 일행은 길을 따라 계속 걸었다.

길모퉁이에 다다르자 개 한 마리가 뛰어나와 짖어댔다. 나무 껍질을 팔아 살아가는 인디언들의 오두막 불빛이 눈앞에 보였다. 개들이 달려 나왔다. 두 인디언은 개들을 오두막으로 돌려보냈다. 길에서 가장 가까운 오두막 창가의 불빛이 환했다. 문간에는 노파가 등잔불을 들고 서 있었다.

집 안에는 젊은 인디언 여자가 나무 침대에 누워 있었다. 이틀째 아기를 낳으려고 애를 쓰는 중이었다. 나이 든 부락 아낙네들이 다 모여 산모를 돕고 있었다. 산모가 내지르는 소리를 피해 남자들은 어두컴컴한 길 위쪽에 모여 앉아 담배를 피웠다. 닉이 인디언들과 함께 아버지와 조지 삼촌을 따라 오두막 안으로 막 들어섰을 때, 산모가 비명을 질렀다. 여자는 커다란 이층 침대 아래쪽에서 누비이불을 덮고 누워 있었다. 고개를 한쪽으로 돌린 채였다. 침대 위쪽에는 산모의 남편이 있었다. 사흘 전 도끼에 발이 찍혀 심하게 다친 상태였다. 남편은 파이프 담배를 피우고 있었다. 방 안에는 고약한 냄새가 진동했다.

난로에 물을 올리라고 부탁한 닉의 아버지는 물이 끓기를 기다리는 동안 닉에게 설명했다.

"이 여자는 곧 아기를 낳을 거다."

"나도 알아요." 닉이 대꾸했다.

"아니, 넌 모를걸." 아버지가 말했다. "잘 들으렴. 이 여자가 겪고 있는 고통을 산고라고 해. 뱃속 아기는 밖으로 나오려 하고 엄마는 아기를 낳으려고 하고 있어. 엄마의 모든 근육은 아기를 밖으로 내보내려고 안간힘을 쓰고 있단다. 그럴 때마다 산모는 비명을 지르는 거란다."

"알겠어요." 닉이 말했다.

바로 그때 여자가 큰 소리로 비명을 질렀다.

"아빠, 저 여자가 소리 지르지 않게 뭐라도 주면 안 돼요?"

"지금 진통제가 하나도 없는걸." 아버지가 말했다. "산모의 비명 따윈 전혀 중요치 않아. 내겐 들리지도 않는단다."

침대 위층에 있던 산모의 남편이 벽 쪽으로 돌아누웠다.

부엌에 있던 여자가 의사에게 물이 끓었다고 손짓했다. 닉의 아버지는 부엌으로 가더니 커다란 주전자에서 물을 절반쯤 대야에 부었다. 그러고는 손수건을 풀어 가져온 물건을 꺼내서는 남은 끓인 물에 담갔다.

"꼭 끓여야 해." 아버지는 이렇게 말하고 대야 속 더운물에 손을 담그고는 캠프에서 가져온 비누 조각을 문질러 손을 씻었다. 닉은 아버지가 비누로 양손을 박박 문지르는 모습을 지켜보았다. 아버지는 아주 조심스럽고 꼼꼼하게 손을 씻으면서 말했다.

"있잖니, 닉! 아기란 머리부터 밖으로 나오는 법인데 그렇지 않은 때가 더러 있단다. 그러면 다들 엄청나게 고생하지. 이 산모는 수술해야 할지도 몰라. 조금 있으면 알게 되겠지."

손을 깨끗하게 씻더니 아버지는 방 안으로 들어가 일을 시작했다.

"조지, 저 이불 좀 걷어줘." 아버지가 말했다. "난 만지지 않는 편이 좋아."

잠시 후 아버지가 수술을 시작하자, 조지 삼촌과 인디언 남자 셋은 산모가 움직이지 못하도록 단단히 붙잡았다. 여자가 조지 삼촌의 팔을 깨물자, 삼촌은 "이 빌어먹을 인디언 계집!"이라고 소리쳤다. 조지 삼촌을 배에 태우고 온 젊은 인디언이 삼촌을 보고 웃었다. 닉은 아버지를 도우려고 대야를 들고 있었다. 수술은 한참 걸렸다.

닉의 아버지는 아기를 들어 올려 숨이 트이도록 찰싹 때리고 나서 문간에서 등을 들고 서 있던 노파에게 건네주었다.

“봐라, 닉! 사내아이야.” 아버지가 말했다. “그래, 인턴 실습 소감이 어떠냐?”

“좋지요, 뭐.” 닉이 말했다. 닉은 아버지가 무슨 일을 하는지 보지 않으려고 시선을 돌리고 있었다.

“자, 이제 다 됐다.” 아버지는 무언가를 대야 안에 넣으며 말했다.

닉은 쳐다보지 않았다.

“지금부터 몇 바늘 꿰매야 하는데 닉, 봐도 되고 안 봐도 된다. 아까 절개한 곳을 꿰맬 거야.”

닉은 보지 않았다. 닉의 호기심은 오래전에 사라졌다.

아버지는 수술을 끝내고 일어섰다. 조지 삼촌과 인디언 세 명도 일어섰다. 닉은 대야를 들고 부엌으로 갔다.

조지 삼촌은 깨물린 팔을 살펴보았다. 젊은 인디언이 조금 전 일을 떠올리며 미소를 지었다.

“소독약 발라줄게, 조지.” 의사가 말했다.

의사는 몸을 숙여 인디언 여자를 들여다보았다. 산모는 이제 잠잠해져서는 눈을 감고 있었다. 얼굴이 매우 창백했다. 여자는 아기가 어떻게 되었는지, 상황이 어떻게 돌아가고 있는지 알지 못했다.

“내일 아침에 다시 오겠소.” 의사가 일어나며 말했다. “세인트이그너스에서 간호사가 필요한 물건을 모조리 챙겨서 정오까지는 올 거요."

아버지는 경기를 끝내고 탈의실로 들어온 의기양양한 축구 선수처럼 흥분에 싸여 지껄였다.

"이건 의학 잡지에 실릴 만한 일이야, 조지. 잭나이프로 제왕 절개 수술을 하고 3미터도 안 되는 낚시용 명주실로 꿰맸으니 말이야."

조지 삼촌은 벽에 기대어 물린 자국이 난 팔을 보고 있었다.

"어! 그럼. 형은 훌륭한 사람이야." 조지가 말했다.

"아들이 생겨 뿌듯해하는 애 아빠를 좀 봐야겠다. 이런 큰일을 겪을 때 가장 힘겨워하는 사람은 대개 아버지거든." 의사가 말했다. "이 모든 사태를 정말 차분하게 잘 견뎌냈어."

의사는 인디언 남편이 머리까지 뒤집어쓴 담요를 걷었다. 손이 축축하게 젖었다. 의사는 한 손에 등불을 들고 아래층 침대 가장자리에 발을 딛고 올라서서 위층 침대 안쪽을 살펴보았다. 인디언 남편은 벽 쪽으로 돌아누워 있었다. 한쪽 귀에서 반대쪽 귀까지 머리가 잘려 있었고, 몸무게 때문에 침대가 푹 꺼진 곳으로 흘러내린 피가 흥건하게 고여 있었다. 머리는 왼팔 위에 놓인 채였다. 날이 펴진 면도칼이 담요 속에 들어 있었다.

"조지, 닉을 데리고 나가." 의사가 말했다.

하지만 이미 소용없었다. 등불을 손에 든 아버지가 인디언 남편의 고개를 뒤로 젖힐 때 닉은 위층 침대가 잘 보이는 부엌 문간에 서 있었으니까.

　　두 사람이 호수로 돌아가려고 목재 운반용 도로를 걸어갈 때 여명이 밝아오기 시작했다.

　　"널 데려오는 게 아니었는데. 미안하게 됐구나." 수술을 마쳤을 때의 들뜬 기분이 싹 가신 목소리로 아버지가 말했다. "네게 정말 끔찍한 일을 겪게 했어."

　　"여자들은 늘 그렇게 힘들게 아기를 낳나요?" 닉이 물었다.

　　"아니, 그렇진 않아. 이런 경우는 아주 드물단다."

　　"아빠, 그 남자는 왜 자살했어요?"

　　"글쎄, 모르겠구나. 견디기 힘들었는지도 모르지."

　　"남자들은 자살을 많이 하나요?"

　　"그렇지는 않아."

　　"여자들은요?"

　　"거의 하지 않는단다."

　　"전혀 안 하나요?"

　　"아니, 가끔은 하지."

　　"아빠!"

　　"그래."

　　"조지 삼촌은 어디 갔어요?"

　　"곧 올 거야."

　　"아빠… 죽는 건 어려운가요?"

"아니, 난 쉽다고 생각한다. 물론 사람마다 다르지만…."

두 사람은 나룻배에 올랐다. 닉은 뱃고물에 앉고 아버지는 노를 저었다. 태양이 언덕 위로 떠올랐다. 농어 한 마리가 뛰어올라 물 위에 원을 그렸다. 닉은 호숫물에 손을 담가 물살을 갈랐다. 새벽 한기가 매서워서인지 물이 따뜻하게 느껴졌다.

이른 아침 호수에서 아버지가 노를 젓는 배의 고물에 앉아, 닉은 절대로 죽지 않겠다고 다짐했다.

CHAPTER II

이슬람교 사원의 뾰족한 탑들이 진흙탕 평지 너머, 비가 내리는 아드리아노플* 외곽에 우뚝 서 있었다. 카라가치** 대로를 따라 50킬로미터에 이르는 구간이 달구지로 꽉 들어찼다. 물소를 비롯해 소들이 진창길에서 수레를 끌었다. 어디가 시작이고 어디가 끝인지 분간하기 어려웠다. 달구지에는 주인이 소유한 모든 재산이 실려 있었다. 늙은이들은 비에 흠뻑 젖은 채 가축을 몰았다. 흙탕물이 된 마리차강의 물이 거의 다리까지 차올랐다. 다리 위에는 달구지가 서로 뒤엉켜 있었고, 낙타들은 쉴 새 없이 고개를 끄덕거리며 틈새를 빠져나가려고 버둥거렸다. 그리스 기병대가 피난 행렬을 추스르며 나아갔다. 여자와 아이들은 매트리스,

---

* 튀르키예 도시 에디르네의 옛 이름. 그리스와 국경이 맞닿은 곳으로, 1922년 스미르나 대학살 때 그리스 정교회 신자들이 피난을 떠나자 이슬람교도가 이곳에 자신의 정체성을 나타내는 첨탑을 세웠다.

** 지금의 에디르네 시의 행정 구역 중 하나.

거울, 재봉틀, 짐 꾸러미가 뒤섞인 달구지 위에 웅크리고 앉아 있었다. 한 여자아이가 아기를 낳는 여인을 담요로 가려주며 울었다. 볼 수 없을 만큼 참혹한 광경이었다. 피난길에는 내내 비가 내렸다.

의사와 의사의 아내

The Doctor And The Doctor's Wife

닉의 아버지가 부탁한 통나무를 자르는 작업을 하러 딕 볼턴이 인디언 부락에서 왔다. 아들 에디와 빌리 타베쇼라는 인디언과 함께였다. 세 사람은 숲을 나와 울타리 뒷문으로 들어왔다. 에디는 기다란 가로톱을 가져왔다. 발걸음을 옮길 때마다 어깨에 걸친 톱에서 듣기 좋은 소리가 났다. 빌리 타베쇼는 통나무를 다루는 큼직한 갈고리 장대 두 개를 들고 왔다. 딕은 도끼 세 자루를 겨드랑이에 끼고 있었다.

딕은 돌아서서 문을 닫았다. 나머지 둘은 통나무가 모래에 파묻힌 호숫가로 먼저 내려갔다.

이 통나무로 말할 것 같으면, 증기선 '매직호'가 거대한 뗏목을 제재소로 나를 때 유실되어 호숫가로 떠내려온 것이다. 그대로 두었다가는 조만간 매직호 선원들이 나룻배를 타고 호숫가를 돌며 통나무를 찾아낼 터였다. 그러면 고리 달린 쇠못을 통나무 끝에 박고 호수로 끌어내 새 뗏목을 만들 것이다. 하지만 통나무 몇 개라면 선원을 더 부릴 만큼 값어치가 없으니까 벌목업자들은 영영 오지 않을지도 몰랐다. 아무도 찾지 않는다면 통나무는 물기를 잔뜩 머금고 호숫가에서 썩어갈 것이다.

진즉에 이런 사실을 알고 있던 닉의 아버지는 인디언들을 고용해 그들이 사는 숲속에서 내려와 가로톱으로 통나무를 자르고 쐐기로 쪼개 벽난로용 장작과 땔거리를 마련하도록 했다. 딕 볼턴은 병원 사택을 빙 돌아 나와 호수까지 걸어갔다. 큼지막한 너도밤나무 네 개가 모래에 깊이 파묻혀 있었다. 에디는 톱의 한쪽 손잡이를 갈라진 통나무 틈새에 걸었다. 딕은 도끼 세 자루를 작은 뱃도랑에 내려놓았다. 사실 딕은 혼혈이었는데 호숫가에 사는 농부들은 그가 거의 순수 백인이라고 믿었다. 매우 게을렀지만 일을 한번 시작하면 아주 잘해냈다. 딕은 주머니에서 씹는 담배를 꺼내 조금 베어 물고는 에디와 빌리 타베쇼에게 오지브웨이 인디언 말로 뭔가 말했다.

딕 일행은 갈고리 끝을 통나무에 박고 모래에 파묻힌 통나무가 헐거워질 때까지 장대에 몸무게를 실어 힘껏 흔들었다. 통나무가 모래 속에서 움직였다. 고개를 돌린 딕이 닉의 아버지에게 말했다.

"이봐요, 의사 양반. 꽤 좋은 목재를 많이도 훔치셨구먼요."

"그런 식으로 말하지 말게, 딕." 의사가 받아쳤다. "이 나무들은 떠내려온 거야."

에디와 빌리 타베쇼가 젖은 모래에서 흔들어 꺼낸 통나무를 물가 쪽으로 굴렸다.

"그대로 물에 넣어." 딕 볼턴이 소리쳤다.

"왜 물에 집어넣지?" 의사가 물었다.

"씻으려는 거요. 톱이 상하지 않게 모래를 씻어내야지. 통나무 주인이 누군지도 알아야겠고." 딕이 답했다.

통나무는 호수의 수면에 떠 있었다. 에디와 빌리 타베쇼가 땀을 뻘뻘 흘리며 갈고리 장대에 기대어 섰다. 딕은 모래밭에 꿇어앉아 통나무 끝에 끌 망치로 새긴 표식을 살펴보았다.

"화이트앤맥널리 회사 나무로군." 자리에서 일어서서 바지에 묻은 모래를 털며 딕이 말했다.

의사는 기분이 상당히 언짢았다.

"그렇다면 자르지 말게, 딕." 의사가 거칠게 말했다.

"성질내지 마쇼, 의사 양반." 딕이 답했다. "성질낼 일도 아닌데…. 당신이 나무를 훔치든 말든 관심 없소. 나하곤 상관없는 일이니."

"이 나무를 훔친 물건으로 여긴다면 일을 관두고 연장 챙겨서 돌아가게." 의사가 벌게진 얼굴로 말했다.

"의사 양반, 뭘 그렇게 화를 내쇼." 딕은 담뱃진이 잔뜩 섞인 진갈색 침을 뱉었다. 침은 통나무를 타고 미끄러져 물속으로 들어가 엷게 희석됐다. "이 나무가 훔친 물건이란 건 나도 알고 당신도 알잖소. 그래도 난 상관없단 말이오.”

“알았어. 이 통나무를 훔친 물건으로 본다면, 당장 연장 챙겨서 돌아가라고!”

“그게 아니고, 의사 양반….”

“당장 연장 챙겨서 꺼져.”

“글쎄, 의사 양….”

“한 번만 더 ‘의사 양반’이라고 부르면, 송곳니를 박살 내서 목구멍에 처넣을 거야.”

“오호, 그렇게는 못 하실걸, 의사 양반.”

딕 볼턴은 의사를 쳐다보았다. 딕은 덩치가 컸고 자기가 얼마나 거구인지 잘 알았다. 싸움 걸기도 즐기는지라 한껏 신이 난 상태였다. 에디와 빌리 타베쇼는 갈고리 장대에 기댄 채 의사를 바라봤다. 아랫입술 밑으로 난 턱수염을 자근자근 씹으며 딕 볼턴을 노려보던 의사는 이내 돌아서서 언덕을 올라 병원 사택으로 향했다. 뒷모습만 봐도 의사가 얼마나 화가 났는지 알 만했다. 딕 일행은 언덕을 올라가 집으로 들어가는 의사를 함께 지켜보았다.

딕이 오지브웨이 말로 뭔가 지껄였다. 에디는 웃었지만 빌리 타베쇼는 꽤 심각한 표정을 지었다. 빌리는 영어를 모르지만 딕과 의사가 다투는 내내 땀을 흘렸다. 중국인처럼 콧수염을 몇 가닥만 길렀고 몸집이 뚱뚱한 사람이었다. 빌리가 갈고리 장대를

집어 들었다. 딕은 도끼를 들었고, 에디는 나무에 걸어둔 톱을 빼
냈다. 사택을 지나친 일행은 뒷문을 빠져나가 숲으로 들어갔다.
딕은 뒷문을 열어둔 채 그냥 가버렸다. 빌리 타베쇼가 돌아오더
니 문을 꼭 닫았다. 셋은 숲속으로 사라졌다.

병원 사택 안에서 의사는 자기 방 침대에 앉아 책상 옆 바닥
에 쌓인 의학 잡지 더미를 바라봤다. 잡지는 포장을 뜯지도 않은
채였다. 의사는 짜증이 났다.

"일하러 안 가요, 여보?" 블라인드를 내린 방에 누워 있던 아
내가 물었다.

"안 가!"

"무슨 일 있었어요?"

"딕 볼턴과 다퉜어."

"어머나!" 아내가 말했다. "헨리, 설마 당신 화를 내지는 않
았죠?"

"안 냈어." 의사가 대답했다.

"《성경》 말씀을 잊지 말아요. 노하기를 더디 하는 자는 용사
보다 낫고 자기의 마음을 다스리는 자는 성을 빼앗는 자보다 나
으니라." 아내는 기도 요법을 신봉하는 크리스천 사이언스교 신
자였다. 어두침침한 아내 방 침대 협탁에는 《성경》, 잡지 《과학과
건강》, 교회 계간지가 놓여 있었다.

남편은 아무런 대답 없이 침대에 앉아 산탄총을 손질했다. 묵

직한 노란색 총알이 꽉 찬 탄창을 펌프질로 밀어냈다. 쏟아진 총알이 침대 위로 흩어졌다.

"헨리!" 아내가 불렀다. 잠시 있다가 다시 불렀다. "헨리!"

"왜 그래?" 의사가 대답했다.

"볼턴에게 화를 돋우는 말은 안 했겠죠?"

"안 했어."

"무슨 일이에요, 여보?"

"별거 아냐."

"말해줘요, 헨리. 부탁이니까 아무것도 숨기지 말고요. 왜 다 퉜어요?"

"딕이 아내 폐렴 치료비 때문에 나한테 빚을 많이 졌어. 그걸 품삯에서 제할까 봐 일부러 시비를 건 게지."

아내는 아무런 말이 없었다. 의사는 헝겊으로 조심스럽게 총을 닦았다. 탄창 용수철을 눌러 총알을 밀어넣은 다음 총을 무릎에 올려놓았다. 의사는 이 총을 아주 좋아했다. 그때 어두운 방 안쪽에서 아내의 목소리가 들려왔다.

"여보, 정말이지 그런 짓을 할 사람은 세상에 아무도 없을 거예요."

"없다고?" 의사가 되물었다.

"그럼요, 일부러 그럴 사람이 어디 있겠어요."

자리에서 일어선 의사는 산탄총을 옷장 뒤 구석에 세워놓았다.

"나가려고요, 여보?" 아내가 물었다.

"산책이나 할까 해." 의사가 대답했다.

"닉을 보면 엄마가 찾는다고 말해줄래요?"

의사는 현관으로 나갔다. 등 뒤에서 방충용 문이 쾅 소리를 내며 닫히자 놀란 아내가 숨을 몰아쉬는 소리가 들렸다.

"미안해." 블라인드를 친 창문 밖에서 의사가 말했다.

"괜찮아요, 여보." 아내가 답했다.

무더운 날이었다. 문을 나선 의사는 오솔길을 따라 솔송나무 숲으로 걸어갔다. 날이 더운데도 숲속은 시원했다. 닉은 나무에 등을 기대고 앉아 책을 읽고 있었다.

"엄마가 좀 보자더라." 의사가 말을 걸었다.

"아빠하고 같이 갈래요." 닉이 말했다.

아버지는 아들을 내려다보았다.

"알았다, 그럼 따라오렴." 아버지가 말했다. "책은 이리 주려무나. 주머니에 넣어 둘 테니."

"검은 다람쥐가 사는 곳을 알아냈어요, 아빠." 닉이 말했다.

"좋아! 그리 가보자." 아버지가 대답했다.

CHAPTER III

우리는 몽스*에 있는 어떤 정원에 있었다. 강 건너에 나갔던 영 버클리가 이끄는 정찰대가 돌아왔다. 내가 본 첫 번째 독일군은 정원 담장을 타고 올라왔다. 우리는 그가 한쪽 다리를 담벼락 위에 걸칠 때까지 기다렸다가 방아쇠를 당겼다. 장비를 잔뜩 걸친 그 군인은 몹시 놀란 표정을 짓더니 정원으로 떨어졌다. 독일군 세 명이 아래쪽 담장으로 또 올라왔다. 우리는 그들도 쏘았다. 독일군은 모두 같은 방법으로 나타났다.

---

* 프랑스와 벨기에 국경 근처에 있는 도시로 1차 세계대전 때 영국이 이곳에서 최초로 대규모 교전을 벌였다.

무언가의 끝

The End Of Something

예전에 호턴스베이는 제재업을 주로 하는 마을이었다. 동네 사람들은 호수 옆 목재소에서 나는 시끄러운 톱 소리를 들으며 살았다. 그러던 어느 해, 목재용 통나무가 바닥나고 말았다. 목재 운반용 범선 여러 척이 굽이진 호숫가로 들어와 목재소 마당에 쌓아둔 나무를 선적했다. 산더미처럼 쌓인 목재 더미가 모조리 실려 나갔다. 커다란 목재소 건물에서 일꾼들이 옮길 수 있는 기계를 죄다 꺼내어 범선 한 척에 실었다. 대형 톱 두 개, 이동식 통나무 고정 운반대, 원형 톱, 롤러, 갖가지 바퀴, 벨트, 쇠붙이를 산더미처럼 쌓아놓은 목재 위에 싣고 범선은 포구를 나서 널찍한 호수로 떠났다. 돛을 활짝 편 범선은 짐칸에 실은 물건을 범포로 덮고 밧줄로 단단히 묶은 채, 목재소를 그럴듯한 목재소답게, 호턴스베이를 온전한 마을로 만들었던 모든 것을 싣고 드넓은 호수로 나아갔다.

이제 그곳에는 단층의 직원 합숙소, 식당, 매점, 관리 사무실,

거대한 목재소 건물만 호숫가 늪지 풀밭을 뒤덮은 톱밥 속에 버려진 채 쓸쓸히 서 있었다.

10년 뒤 닉과 마저리가 물가를 따라 노를 저으며 지날 때, 이곳에는 벌목 후 다시 자라난 늪지 나무 사이로 주춧돌에서 떨어져나온 흰색 석회암이 보일 뿐, 목재소의 흔적이라고는 아무것도 찾아볼 수 없었다. 둘은 바닥에 모래가 깔린 얕은 곳에서 갑자기 수심이 3미터도 넘게 깊어지며 검푸른색을 띠는 수로의 경계를 따라 노를 저었다. 밤낚시로 무지개송어를 잡으러 가는 길에 견지낚시*를 하는 참이었다.

"우리가 어릴 때 놀던 폐허가 저기 있어, 닉." 마저리가 말했다.

닉은 노를 저으며 푸르른 나무로 둘러싸인 하얀 주춧돌을 바라보았다.

"나도 보여." 닉이 말했다.

"저기 목재소가 있던 때 기억나?" 마저리가 물었다.

"응." 닉이 말했다.

"이젠 성처럼 보이는데." 마저리가 덧붙였다.

닉은 아무 말도 하지 않았다. 둘은 목재소 터가 보이지 않는

---

* 배를 타고 가면서 낚싯줄을 늦추었다 감았다 하며 찌가 밑바닥을 스치게 하는 방식으로 고기를 낚는 낚시. 견지는 대나무로 만든 납작한 외짝 얼레를 말한다.

곳까지 물길을 따라 줄곧 노를 저었다. 닉은 물굽이를 가로질러 나아갔다.

“입질이 신통치 않네.” 닉이 말했다.

“그러게.” 마저리가 말했다. 마저리는 낚시질하는 내내, 심지어 말할 때도 견지낚싯대에서 눈을 떼지 않았다. 마저리는 낚시를 좋아했는데, 특히 닉과 함께 낚시하기를 좋아했다.

보트 바로 옆에서 큼지막한 송어가 수면 위로 뛰어올랐다. 닉이 한쪽 노를 세게 잡아당겨 보트를 한 바퀴 돌리더니 배 뒤쪽 멀리 송어들이 먹이를 먹고 있는 곳으로 미끼를 흘려보냈다. 송어의 등이 물 밖으로 나오자 자잘한 물고기가 파드닥거리며 뛰어올라 마치 한 줌의 산탄총알을 수면 위에 쏜 것처럼 수면을 흩뜨렸다. 다른 송어 한 마리가 물 위로 올라와 보트 맞은편에서 먹이를 먹었다.

“먹는다!” 마저리가 외쳤다.

“미끼를 물진 않았어.” 닉이 말했다.

닉은 먹이를 먹는 송어를 지나쳐 곳으로 배를 몰았다. 마저리는 보트가 호숫가에 닿을 때까지 낚싯줄을 감아올리지 않았다.

둘은 모래톱 위로 배를 끌어 올렸다. 닉은 살아 있는 농어가 담긴 들통을 배에서 꺼내 들었다. 농어들이 들통 안에서 이리저리 헤엄쳤다. 닉이 세 마리를 잡아 머리를 잘라내고 껍질을 벗기는 동안, 들통에 손을 담가 열심히 고기를 쫓던 마저리가 간신히

한 마리를 잡아 머리를 자르고 껍질을 벗겼다. 닉은 마저리가 손질한 물고기를 살펴보았다.

"배지느러미는 그대로 두도록 해." 닉이 말했다. "없어도 미끼로 쓸 수 있지만 있는 편이 더 낫거든."

닉은 한 마리씩 껍질 벗긴 농어 꼬리에 낚싯바늘을 꿰었다. 두 사람의 낚싯대 목줄*에는 바늘 두 개가 이어져 있었다. 그런 다음 마저리는 낚싯줄을 이로 물고 수로를 따라 둑 위쪽으로 보트를 저어가면서, 닉이 호숫가에 서서 낚싯대를 잡고 릴에서 낚싯줄을 푸는 모습을 바라보았다.

"그 정도면 됐어." 그가 소리쳤다.

"그럼, 줄을 떨어뜨릴까?" 마저리가 줄을 손에 쥐고 소리 질렀다.

"그래, 이제 놔." 마저리는 줄을 보트 밖으로 떨어뜨리고 미끼가 물속으로 가라앉는 것을 지켜봤다.

그녀는 배를 저어 돌아와 같은 방법으로 두 번째 낚싯줄을 끌고 갔다. 그때마다 닉은 호숫가로 떠내려온 두껍고 무거운 통나무 조각을 뭉뚝한 낚싯대 손잡이 위에 올려놓아 낚싯대를 단단히 고정하고, 쓰러지지 않도록 작은 통나무 조각으로 받쳐 놓았다. 그리고 나서 미끼가 수로의 바닥, 모래 위에 놓이도록 느슨하

---

* 낚싯바늘을 매어 낚싯줄에 연결하는 짧은 줄

게 풀려 있는 낚싯줄을 팽팽하게 감아 릴에 걸림쇠를 걸었다. 바닥에서 먹이를 먹던 송어가 미끼를 물고 달아나면, 릴에서 찰칵 소리가 나며 낚싯줄이 빠르게 풀릴 것이다.

마저리는 낚싯줄을 건드리지 않으려고 곶에서 약간 더 위쪽으로 노를 저어 나갔다. 마저리가 노를 세게 젓자 보트는 모래톱 위까지 올라갔다. 작은 파도가 뒤따라 밀려왔다. 마저리가 보트에서 내리자 닉이 보트를 뭍으로 더 끌어올렸다.

"왜 그래, 닉?" 마저리가 물었다.

"나도 모르겠어." 닉이 땔나무를 주우며 말했다.

둘은 유목(流木)으로 불을 지폈다. 마저리는 보트로 가서 담요를 가져왔다. 바람이 불어와 곶 쪽으로 연기를 날려 보냈다. 마저리는 모닥불과 호수 사이에 담요를 펼쳐놓았다.

마저리는 모닥불을 등지고 담요에 앉아 닉을 기다렸다. 닉이 다가와 곁에 앉았다. 둘 뒤에는 곶의 재생림 끝자락이 있었고, 앞에는 호튼스크릭 어귀로 이어지는 만이 펼쳐졌다. 땅거미가 내려앉고 있었다. 불빛은 아주 먼 수면까지 비쳤다. 어두운 호수 위로 비스듬히 놓인 낚싯대 두 대가 보였다. 강철 릴에서 불빛이 반짝이며 어른거렸다.

마저리는 준비해 온 야식을 바구니에서 꺼내 놓았다.

"난 별로 생각 없어." 닉이 말했다.

"왜 그래. 어서 좀 먹어."

“그럴게.”

두 사람은 말없이 먹으며 낚싯대 두 대와 수면에 비친 불빛을 바라보았다.

“오늘 밤에는 달이 뜰 거야.” 닉이 말했다. 닉은 하늘을 향해 뾰족하게 솟아오를 만 건너편 산봉우리를 바라보았다. 그는 산봉우리 너머로 달이 떠오른다는 것을 알고 있었다.

“그럴 줄 알았어.” 마저리가 유쾌하게 말했다.

“넌 모르는 게 없지.” 닉이 말했다.

“닉, 제발 그만해! 제발, 제발 그러지 좀 마!”

“나도 못 참겠어.” 닉이 말했다. “그렇잖아. 넌 모르는 게 없어. 바로 그게 문제야. 너도 알잖아.”

마저리는 아무 말도 하지 않았다.

“내가 다 가르쳐줬잖아. 너도 알잖아. 그런데 뭘 모르겠어?”

“좀, 조용히 해.” 마저리가 말했다. “저기 달이 뜨고 있어.”

둘은 담요 위에 서로 떨어져 앉은 채 달이 떠오르는 것을 바라보았다.

“쓸데없는 소리 하지 마.” 마저리가 말했다. “정말 뭐 때문에 그래?”

“모르겠어.”

“알면서 왜 그래.”

“아니, 몰라.”

“어서 말해봐.”

닉은 산봉우리 위로 떠오르는 달을 바라보았다.

“더는 즐겁지 않아.”

닉은 마저리를 쳐다보기 두려워 멈칫했다가 이내 바라봤다. 마저리는 돌아앉아 있었다. 닉은 마저리의 등을 바라보았다. “이젠 즐겁지 않아. 하나도 즐겁지 않다고.”

마저리는 아무 말도 하지 않았다. 닉이 말을 이었다. “내 안에서 모든 것이 엉망이 된 것처럼 느껴져. 모르겠어, 마지. 무슨 말을 해야 할지 도무지 모르겠어.”

닉은 마저리의 등을 바라보았다.

“사랑이 즐겁지 않다는 거야?” 마저리가 말했다.

“응.” 닉이 말했다. 마저리가 일어섰다. 닉은 손으로 머리를 감싸 쥐고 그대로 앉아 있었다.

“난 보트로 갈게!” 마저리가 닉을 향해 소리쳤다. “너는 곶을 돌아서 가!”

“알았어.” 닉이 말했다. “내가 배 밀어줄게.”

“그럴 필요 없어.” 마저리가 말했다. 마저리는 달빛이 비치는 호수에 배를 띄웠다.

닉은 돌아와 모닥불 옆 담요에 얼굴을 대고 누웠다. 마저리가 노를 젓는 소리가 들려왔다.

닉은 한참을 담요 위에 누워 있었다. 빌이 숲속을 헤집고 돌아다니다가 개간지로 나오는 소리가 들렸다. 빌이 모닥불 앞으로 다가오는 기척이 났다. 빌은 닉을 건드리지 않았다.

"마저리는 별 탈 없이 갔어?" 빌이 물었다.

"그럴걸." 닉이 담요에 얼굴을 묻고 누운 채 말했다.

"싸웠니?"

"아니, 싸우기는 왜 싸워."

"기분이 어때?"

"날 좀 그냥 내버려둬, 빌! 잠시만 내버려두라고."

빌은 도시락 바구니에서 샌드위치 하나를 꺼내 들고 송어가 잡혔는지 볼 셈으로 낚싯대 쪽으로 걸어갔다.

CHAPTER IV

몹시 무더운 날이었다. 우리는 아주 완벽한 바리케이드를 세워 다리를 가로막았다. 정말 훌륭한 방어벽이었다. 어느 집 앞에서 가져온 크고 오래된 격자 형태의 쇠창살 문이었는데, 어찌나 무거운지 들어 올리기 힘들 정도였다. 우리는 창살 사이로 총을 쏘았고 적군은 문을 타고 넘어야만 했다. 참으로 어마어마한 물건이었다. 적은 바리케이드를 넘어오려고 했고 우리는 40미터쯤 떨어진 곳에서 총을 쏘아댔다. 적들이 돌격해 왔다. 적군 장교들은 엄호도 받지 않은 채 쇠창살 문을 제거하기 시작했다. 쇠창살 문은 더없이 완벽한 장애물이었지만 적군 장교들의 기술은 만만치 않았다. 우리는 바리케이드 측면이 뚫렸다는 소리에 몹시 겁에 질렸고, 철수해야만 했다.

사흘간의 폭풍

The Three Day Blow

닉이 과수원을 가로질러 오르막길로 접어들었을 때 비가 그쳤다. 과일 수확은 이미 끝났고, 앙상한 나무 사이로 가을바람이 불었다. 걸음을 멈춘 닉은 풀이 갈색으로 물든 길섶에서 비에 젖어 윤기가 도는 와그너 사과 한 알을 주워들었다. 닉은 두툼한 매키노 코트* 주머니에 사과를 집어넣었다.

길은 과수원을 벗어나 언덕 꼭대기로 이어졌다. 언덕 위에는 아담한 단층집이 한 채 있는데 현관은 텅 비었고 굴뚝에서는 연기가 피어올랐다. 집 뒤에는 차고와 닭장, 그리고 울타리처럼 둘러싼 재생림 숲이 있었다. 거대한 나무들이 바람에 쓰러질 듯 흔들렸다. 올가을 들어 처음 불어닥친 폭풍이었다.

닉이 과수원 위쪽으로 넓게 펼쳐진 빈터를 가로질러 갈 때,

---

* 담요에 쓰이는 문양과 직물로 만든 외투. 방한용 의복으로 독특한 격자무늬와 벨트, 플랩 포켓 따위가 달려 있다.

집의 현관문이 열리더니 빌이 나왔다. 빌은 현관에 서서 바깥을 살폈다.

"아, 웨미지."* 빌이 불렀다.

"어이, 빌." 닉이 계단을 오르며 말했다.

둘은 나란히 서서 과수원 너머 멀리 길 건너로 펼쳐진 낮은 들판, 곶을 따라 펼쳐진 끝없는 나무숲, 거기서 호수로 이어지는 전원 풍경을 내려다보았다. 바람이 호수를 곧게 가로질러 불었다. 텐마일포인트** 해안의 곶을 따라 밀려오는 파도가 보였다.

"바람이 세차게 부는군." 닉이 말했다.

"사흘 동안 저렇게 불겠지." 빌이 말했다.

"아버지도 집에 계셔?" 닉이 물었다.

"아니. 총 들고 나가셨어. 어서 들어와."

닉은 집 안으로 들어갔다. 벽난로 불이 세차게 타올랐다. 바람이 들이치자 불꽃이 거칠게 일렁였다. 빌이 문을 닫았다.

"한잔할래?"

빌은 부엌에 가서 유리잔 두 개와 물 주전자를 들고 왔다. 닉은 벽난로 위 선반에서 위스키병을 꺼냈다.

"이거 마셔도 돼?" 닉이 물었다.

---

* 헤밍웨이가 자신에게 붙인 닉네임으로 이 작품에서 닉의 애칭으로 쓰인다.
** 미시간과 인접한 캐나다 밴쿠버섬 가장 동쪽 해안 이름.

"그럼." 빌이 대답했다.

둘은 벽난로 앞에 앉아 아일랜드산 위스키에 물을 타서 마셨다.

"맛은 좋은데 연기 냄새가 나." 닉이 유리잔을 통해 불을 바라봤다.

"이탄 때문이야." 빌이 말했다.

"술에 이탄을 넣을 수는 없어." 닉이 말했다.

"그래도 이탄 냄새가 나."

"이탄 본 적 있어?"

"없어." 빌이 대답했다.

"나도 없어."

벽난로 앞으로 쭉 뻗은 닉의 신발 끝에서 김이 나기 시작했다.

"신발 벗는 게 좋겠다." 빌이 말했다.

"양말을 안 신었어."

"신발 벗어서 말리고 있어. 양말 갖다 줄게."

빌이 다락방으로 올라가자 천장에서 발소리가 들렸다. 다락방은 지붕 아래 확 트인 공간으로 빌과 그의 아버지, 닉이 가끔 잠을 자는 곳이었다. 뒤쪽에는 탈의실이 있다. 비가 오면 간이침대를 탈의실로 옮겨놓고 고무 담요로 덮어놓곤 했다.

빌은 두꺼운 털양말을 한 켤레 들고 내려왔다.

"양말을 안 신기에는 날이 너무 추워졌어." 빌이 말했다.

"신던 것을 다시 신기 싫었어." 닉이 말했다. 양말을 신은 닉은 의자에 도로 기대앉아 벽난로 앞 안전망에 발을 올려놓았다.

"망 찌그러지겠다." 그러자 닉은 발을 번쩍 들어 벽난로 옆으로 치웠다.

"읽을 거 좀 없어?"

"신문뿐이야."

"세인트루이스 카디널스는 어떻게 됐어?"

"뉴욕 자이언츠에 두 경기를 연속으로 졌어."

"그럼 자이언츠가 우승하겠구나."

"누워서 떡 먹기지." 빌이 말했다. "맥그로 감독이 리그에서 좋은 선수를 몽땅 사오는 한 아무 문제 없을 거야."

"다 살 수는 없잖아." 닉이 말했다.

"아니, 맥그로는 자기가 원하는 선수들을 다 사와." 빌이 말했다. "아니면 선수가 소속팀에 불만을 품게 만들어서 자기 팀으로 트레이드해오지."

"하이니 짐처럼 말이야." 닉도 동의했다.

"그 멍청이는 맥그로에게 많은 도움이 될 거야." 빌이 일어섰다.

"하이니는 타격력이 좋아." 닉이 말했다. 벽난로 불이 뜨거워 다리가 화끈거렸다.

"썩 괜찮은 외야수이기도 하지." 빌이 말했다. "하지만 경기에선 질 때가 많아.”

“맥그로가 바로 그걸 원하는지도 몰라.” 닉이 덧붙였다.

“그럴지도 모르지.” 빌이 맞장구를 쳤다.

“세상에는 우리가 모르는 일도 많으니까.” 닉이 말했다.

“물론이지. 하지만 우리는 멀리 떨어져 있어도 꽤 괜찮은 정보를 알고 있잖아.”

“보지 않고 고르면 더 좋은 말을 고를 수 있는 것처럼 말이야.”

“바로 그거야.”

빌은 손을 내밀어 위스키병을 잡았다. 손이 커서 병을 완전히 감쌌다. 빌은 닉이 내민 잔에 술을 따랐다.

“물은 얼마나 넣을까?”

“술만큼 넣어줘.”

빌은 닉이 앉은 의자 옆 바닥에 앉았다.

“가을 폭풍은 기분 좋지?” 닉이 말했다.

“정말 좋아.”

“일 년 중 이때가 가장 좋지.” 닉이 말했다.

“이런 때 도시에 있으면 끔찍하겠지?” 빌이 말했다.

“월드 시리즈가 보고 싶긴 해.” 닉이 말했다.

“요즘은 늘 뉴욕이나 필라델피아에서만 열리니까.” 빌이 말했다. “우리에겐 별 도움이 안 되네.”

“카디널스가 우승기를 한 번 들어 올릴 수 있을까?”

"우리가 살아 있는 동안에는 힘들걸." 빌이 말했다.

"젠장, 미치겠네." 닉이 말했다.

"열차 사고가 나기 전에 한 번 결승에 올라갔던 거 기억나?"

"맙소사. 그랬지, 참!" 닉이 기억을 더듬으며 말했다.

빌은 창가 아래 탁자로 손을 뻗어 현관으로 나가기 전에 뒤집어놓았던 책을 집어 들었다. 빌은 한 손에는 잔, 다른 손에는 책을 들고 닉이 앉은 의자에 몸을 기댔다.

"뭐 읽고 있었어?"

"리처드 페버렐."*

"난 그 책 못 읽겠더라."

"괜찮은 책이야." 빌이 말했다. "나쁜 책은 아니야, 웨미지."

"네 책 중에서 내가 안 읽은 건 뭐야?" 닉이 물었다.

"《숲속의 연인들》** 읽었어?"

"응, 밤마다 칼을 뽑아 사이에 두고 잠자리에 드는 사람들 얘기잖아."

"그건 좋은 책이야, 웨미지."

"그래, 아주 재밌지. 그런데 그 칼이 무슨 소용이 있는지 모르

---

* 《리처드 페버렐의 시련》(1859), 영국 작가 조지 메러디스(George Meredith, 1828~1909)의 장편 소설.
** 영국 작가 모리스 휴렛(Maurice Hewlett, 1861~1923)이 쓴 통속 소설.

겠어. 칼날을 세워놔야 하는 것 아니야? 옆으로 뉘어두면 얼마든지 그 위로 굴러 넘어갈 수 있잖아.”

“그건 상징일 뿐이야.” 빌이 말했다.

“물론 그렇겠지.” 닉이 말했다. “그렇지만 현실감은 떨어져.”

“《불굴의 의지》*는 읽었어?”

“뛰어난 작품이지.” 닉이 말했다. “현실적인 소설이야. 아버지가 주인공을 항상 따라다니는 얘기지. 월폴이 다른 책도 썼던가?”

“《어두운 숲》! 러시아에 관한 얘기야.” 빌이 대답했다.

“월폴이 어떻게 러시아에 대해 알아?” 닉이 물었다.

“그야 나도 모르지. 작가란 알 수 없는 사람이니까. 어릴 때 러시아에 살았는지도 몰라. 러시아에 대해 아는 게 엄청 많더군.”

“한번 만나보고 싶다.” 닉이 말했다.

“난 체스터튼**을 만나보고 싶어.” 빌이 말했다.

“체스터튼이 지금 여기 있으면 좋겠어.” 닉이 말했다. “그러면 내일 부아***강으로 함께 낚시하러 갈 텐데.”

“낚시를 좋아하려나?” 빌이 물었다.

---

* 뉴질랜드 출생의 영국 작가 휴 월폴 경(Sir Hugh Seymour Walpole, 1884~1941)의 소설.

** 길버트 키스 체스터튼(Gilbert Keith Chesterton, 1874~1936). 20세기 가장 영향력 있는 영국 작가.

*** 미시간주 북부의 샤를부아(Charlevoix)와 연관이 있다는 해설 자료가 존재한다.

“좋아할 거야.” 닉이 대답했다. “최고의 낚시꾼일걸. <하늘을 떠다니는 주막> 기억나?”

“하늘에서 온 천사가
뭔가 다른 마실 걸 준다면
호의에 감사하고 나서
싱크대에 부어버려라.”

“맞아.” 닉이 말했다. “월폴보다 더 훌륭한 사람 같아.”

“아, 그럼. 월폴보다 훌륭한 사람이고말고.” 빌이 말했다. “하지만 작가로서는 월폴이 더 뛰어나.”

“그건 잘 모르겠고….” 닉이 말했다. “체스터튼은 대가의 반열에 오른 작가야.”

“월폴도 그래.” 빌이 우겼다.

“둘 다 지금 여기 있으면 좋겠다.” 닉이 말했다. “그러면 우리가 내일 둘 다 데리고 부아강으로 낚시하러 갈 텐데.”

“자, 코 삐뚤어지게 한번 마셔보자.” 빌이 말했다.

“좋아.” 닉이 맞장구쳤다.

“아버지는 신경 안 쓸 거야.” 빌이 말했다.

“정말?” 닉이 물었다.

“걱정하지 마.” 빌이 말했다.

“난 벌써 좀 취했어.” 닉이 말했다.

“하나도 안 취했어.” 빌이 말했다.

빌이 바닥에서 일어나 위스키병을 들었다. 닉은 마시던 잔을 내밀었다. 빌이 위스키를 따르는 동안 닉은 술잔을 바라봤다.

빌은 위스키를 반 잔쯤 따랐다.

“물은 네가 섞어.” 빌이 말했다. “이제 한 잔밖에 안 남았어.”

“더 없어?” 닉이 말했다.

“많이 있긴 한데, 아버지가 마개 딴 병만 마시라고 하셨어.”

“그렇군.” 닉이 말했다.

“아버지는 새 술병을 따면 주정뱅이가 된다고 생각하셔.” 빌이 설명했다.

“맞는 말씀이야.” 닉이 말했다. 닉은 그 말에 감명을 받았다. 전에는 그런 생각을 해본 적이 없었다. 술을 혼자 마셔 버릇하면 술꾼이 된다고만 여겨서다.

“아버지는 어떠셔?” 닉이 예의를 차리며 물었다.

“괜찮으셔.” 빌이 말했다. “가끔 좀 거칠게 행동하긴 하지만.”

“멋진 분이야.” 주전자를 기울여 잔에 물을 따르며 닉이 말했다. 물은 천천히 위스키와 섞였다. 물보다 위스키 양이 더 많았다.

“정말 대단한 분이야.” 빌이 말했다.

“우리 아버지도 좋은 분이야.” 닉이 말했다.

“아무렴, 그러시지.” 빌이 말했다.

“술을 입에 대본 적이 평생 단 한 번도 없으시대.” 과학적 사실을 발표하듯 닉이 말했다.

“너희 아버지는 의사잖아. 우리 아버지는 화가이고. 그게 다른 점이지.”

“우리 아버지는 많은 걸 놓치며 사는걸.” 닉이 슬프게 말했다.

“그렇게 단정 지어 말할 순 없어.” 빌이 말했다. “모든 일에는 보상이 있는 법이니까.”

“당신 입으로 많은 걸 잃었다고 하셨어.” 닉이 털어놓았다.

“그래, 우리 아버지도 고생을 많이 하셨지.” 빌이 말했다.

“다 보상받을 거야.” 닉이 말했다.

둘은 벽난로 앞에 앉아 타오르는 불꽃을 바라보며 이 심오한 진리에 대해 생각했다.

“뒤뜰에서 장작을 더 가져올게.” 닉이 말했다. 난롯불을 지켜보다가 불길이 약해지는 기색을 느꼈기 때문이었다. 동시에 술을 많이 마셔도 말짱하다는 것을 빌에게 보여줄 셈이었다. 닉은 술을 한 방울도 입에 대지 않는 사람의 아들이지만 빌이 자기를 먼저 취하게 만들도록 두지 않을 셈이었다.

“큰 자작나무 장작으로 가져와.” 빌이 말했다. 빌 역시 취하지 않으려고 노력했다.

장작을 들고 온 닉은 부엌을 지나가다가 조리대 위에 있던 냄비를 떨어뜨렸다. 닉은 장작을 내려놓고 냄비를 집어 들었다. 냄비에는 물에 불린 말린 살구가 들어 있었다. 닉은 바닥에 떨어진 살구를 모조리 조심스럽게 주워 담았다. 난로 밑으로 굴러 들어간 몇 알까지 다 주워 냄비에 도로 넣었다. 그러고 식탁 옆 양동이에서 물을 떠 냄비에 부었다. 닉은 술에 전혀 취하지 않은 자신이 무척 자랑스러웠다.

닉이 장작을 들고 돌아오자 빌은 의자에서 일어나 장작을 지피는 걸 거들었다.

"좋은 장작이야." 닉이 말했다.

"날이 궂을 때를 대비해 남겨뒀어." 빌이 말했다. "이런 장작은 밤새도록 탈 거야."

"그럼 불씨가 아침까지 남아 있겠구나." 닉이 말했다.

"그렇지." 빌이 맞장구를 쳤다. 취기가 오른 둘은 즐겁게 대화를 나눴다.

"한잔 더 하자." 닉이 말했다.

"사물함에 마개를 딴 술병이 하나 더 있던 것 같은데." 빌이 말했다.

빌은 무릎을 꿇고 사물함 한쪽 구석에서 네모난 병을 꺼냈다.

"스카치위스키야." 빌이 말했다.

"물 더 가져올게." 닉이 말하고 다시 부엌으로 갔다. 닉은 양동이에 든 차가운 샘물을 국자로 떠서 주전자에 가득 채웠다. 거실로 돌아가던 닉은 식당에 걸린 거울 앞에 서서 자기 모습을 들여다보았다. 얼굴이 낯설었다. 닉이 거울 속 얼굴에 미소를 짓자, 그도 이를 드러내 보이며 씩 웃었다. 닉은 그에게 윙크하고 다시 걸음을 옮겼다. 거울에 비친 모습은 자신의 평소 얼굴이 아니었지만, 개의치 않았다.

빌은 이미 술잔 가득 술을 따라 두었다.

"엄청나게 많은데." 닉이 말했다.

"우리한테는 적당한 거야, 웨미지." 빌이 말했다.

"뭘 위해 건배할까?" 닉이 잔을 들며 물었다.

"낚시를 위해 건배하자." 빌이 말했다.

"좋아." 닉이 말했다. "신사 여러분, 낚시를 위해 건배!"

"모든 낚시를 위하여! 세상 어디서든!" 빌이 외쳤다.

"낚시 말이야." 닉이 말했다. "그걸 위해 우리가 건배하는 거라고."

"야구보다는 낚시가 낫지." 빌이 말했다.

"비교가 안 되지." 닉이 말했다. "근데 우리가 어쩌다 야구 얘기를 하게 됐지?"

"실수로 나왔지." 빌이 말했다. "야구는 무지렁이들이나 하는 거야."

둘은 잔에 남은 술을 싹 비웠다.

"이번엔 체스터튼을 위해 건배하자."

"월폴을 위해서도." 닉이 거들었다.

닉이 술을 따랐다. 빌은 물을 부었다. 둘은 서로를 쳐다보았다. 기분이 아주 좋았다.

"신사 여러분." 빌이 말했다. "체스터튼과 월폴을 위해 건배합시다!"

"그럽시다, 여러분!" 닉이 말했다.

두 사람은 잔을 비웠다. 빌이 다시 술잔을 가득 채웠다. 둘은 벽난로 앞에 있는 큰 의자에 앉아 있었다.

"아주 현명했어, 웨미지." 빌이 말했다.

"무슨 뜻이야?" 닉이 물었다.

"마지하고 헤어진 거 말이야." 빌이 대답했다.

"나도 그런 것 같아." 닉이 말했다.

"그렇게 할 수밖에 없었지. 아니면 넌 지금쯤 고향으로 돌아가서 결혼 자금을 마련하느라 죽도록 일만 해야 했을걸."

닉은 아무 말도 하지 않았다.

"남자는 결혼하면 그걸로 인생 끝이야." 빌이 말을 이어갔다. "더는 아무것도 마음대로 못해, 아무것도! 빌어먹을, 아무것도 말이야! 완전히 끝난다고. 너도 결혼한 놈들 봤잖아."

닉은 잠자코 있었다.

"딱 보면 알지." 빌이 말했다. "결혼하면 뒤룩뒤룩 살이 찌잖아. 뚱뚱해지면 바로 끝장이야."

"알아." 닉이 말했다.

"마지하고 헤어져서 지금이야 아주 언짢겠지." 빌이 말했다. "하지만 언제든 다른 여자에게 반할 거고 그러면 괜찮아질 거야. 여자를 좋아하는 건 좋지만 여자 때문에 너 자신을 망치지는 마."

"그래." 닉이 대답했다.

"마지와 결혼하면 마지네 가족 전체와 결혼하는 거나 마찬가지야. 마지 어머니와 그 남편을 떠올려봐."

닉이 고개를 끄덕였다.

"그 양반들이 늘 근처에서 얼쩡대고, 일요일 저녁이면 처가에 가서 저녁 식사를 해야 하고, 그때마다 장모가 마지에게 시시콜콜 잔소리할 게 뻔해."

닉은 잠자코 앉아 있었다.

"넌 정말 잘 빠져나온 거야." 빌이 말했다. "이제 마지는 자기 부류의 사람과 결혼해서 자리 잡고 행복하게 살 거야. 기름과 물을 섞을 수 없듯, 넌 그런 부류와 못 섞여. 내가 스트라턴스에서 일하는 아이다와 결혼하는 것보다 더 어울리지 않을걸. 마지도 아마 잘됐다고 생각할 거야."

닉은 아무 말도 하지 않았다. 술기운이 일순간 사라지며 홀로 남겨진 기분이 들었다. 빌도 곁에 없었고, 불 앞에 앉아 있지도 않았고, 내일 빌 부자와 함께 낚시를 가지도 않을 터였다. 술이

깨자 모든 것이 송두리째 사라졌다. 한때 마저리와 함께였다가 이제는 그녀를 잃었다는 사실만 남았다. 마저리는 떠났다. 닉은 연인을 떠나보냈다. 단지 그뿐이었다. 다시는 마저리를 만나지 못할 것이다. 어쩌면 영원히 못 볼지도 모른다. 모든 것이 사라졌고 이미 끝났다.

"한잔 더 하자." 닉이 말했다.

빌이 술을 따랐다. 닉은 물을 조금 탔다.

"네가 마지하고 끝내지 않았다면 우리는 지금 여기서 함께 있지 못했을 거야." 빌이 말했다.

그건 사실이었다. 닉은 고향으로 돌아가 직장을 잡을 셈이었다. 그런 뒤 샤를부아에서 겨우내 머물며 마지 가까이에서 지낼 작정이었다. 하지만 이제 무엇을 어떻게 해야 할지 알 수 없었다.

"아마 내일 낚시하러도 못 갔겠지." 빌이 말했다. "아주 잘했어, 정말."

"어쩔 수 없었어." 닉이 말했다.

"알아, 원래 다 그런 거야." 빌이 말했다.

"갑자기 모든 게 끝나버렸어." 닉이 말했다. "왜 그랬는지 모르겠어. 정말 어쩔 수가 없었어. 지금처럼 사흘 동안 폭풍이 불면 나무에서 잎이 다 떨어지고 마는 것처럼 말이야."

"자, 이젠 다 끝났어. 그게 중요하지." 빌이 말했다.

"내 잘못이야." 닉이 말했다.

"누가 잘못했느냐는 중요하지 않아." 빌이 말했다.

"아니, 중요해." 닉이 말했다.

중요한 것은 마저리가 떠났고, 다시는 그녀를 만나지 못할 거라는 사실이었다. 닉은 마저리에게 이탈리아에 가서 재미있게 지내자고 이야기하곤 했다. 함께 가려던 이곳저곳…. 이제 모든 것이 끝났다. 무언가 닉의 마음에서 빠져나갔다.

"끝났다는 게 중요해." 빌이 말했다. "들어봐, 웨미지. 네가 마저리와 사귀는 동안 솔직히 걱정스러웠어. 옳은 결정이야. 마저리 어머니는 속이 많이 상했겠지. 너희가 약혼했다고 온통 떠벌리고 다녔으니까."

"우린 약혼 안 했어." 닉이 말했다.

"네가 약혼했다는 소문이 쫙 퍼졌어."

"소문이야 어쩔 수 없지." 닉이 말했다. "하지만 안 했어."

"결혼할 거 아니었어?" 빌이 물었다.

"그랬지. 그래도 약혼은 안 했어." 닉이 말했다.

"뭐가 다른데?" 빌이 따지듯 물었다.

"몰라. 하여튼 달라."

"무슨 소린지 이해가 안 돼." 빌이 말했다.

"그 얘긴 됐고, 술이나 마시자." 닉이 말했다.

"좋아." 빌이 말했다. "아주 제대로 취해보자."

"취하면 수영하러 가자." 닉이 말했다.

닉은 단숨에 술잔을 비웠다.

"마지한텐 미안하지만 난들 어떡하겠어?" 닉이 말했다. "마지 엄마가 어떤 사람인지 알잖아!"

"끔찍한 여자지." 빌이 말했다.

"갑자기 다 끝나버렸어." 닉이 말했다. "이 얘기는 하지 말 걸 그랬다."

"네가 한 게 아니야." 빌이 말했다. "내가 그 얘길 꺼냈지. 이제 할 말 다 했으니 다시 그 얘기는 하지 말자. 너도 더는 그 생각을 하지 마. 헤어나기 힘들 테니까."

닉은 그렇게 생각해본 적이 없었다. 매우 절박한 문제로 느꼈던 것이 그저 생각이었다는 사실을 깨닫자 기분이 한결 나아졌다.

"맞아." 닉이 말했다. "그럴 위험은 늘 있지."

닉은 이제 만족스러웠다. 아무것도 잃지 않았다. 토요일 밤에 시내에 나갈 수도 있다. 오늘은 목요일이다.

"기회는 언제나 있어." 닉이 말했다.

"그래도 자중하도록 해." 빌이 말했다.

"그럴게."

닉은 기분이 좋아졌다. 아무것도 끝나지 않았다. 잃어버린 건 하나도 없었다. 닉은 토요일에 시내에 나가기로 마음먹었다. 빌이 마저리 얘기를 꺼내기 전에 그랬듯 마음이 가벼워졌다. 언제나 빠져나갈 길은 있기 마련이다.

"총 들고 곳으로 내려가서 너희 아버지를 찾아보자." 닉이 말했다.

"좋아."

빌은 벽에 걸려 있는 총걸이 선반에서 산탄총 두 자루를 꺼냈다. 탄약통을 열어 탄약을 챙겼다. 닉은 매키노 코트를 걸치고 신발을 신었다. 신발은 말라서 뻣뻣했다. 술기운은 여전했지만 머리는 맑았다.

"기분 어때?" 닉이 물었다.

"좋아. 적당히 취했어." 빌이 스웨터 단추를 끼우며 대답했다.

"취해봐야 아무짝에도 쓸모없어."

"맞아, 밖으로 나가야 해."

두 사람은 문을 열고 밖으로 나갔다. 바람이 거세게 불었다.

"바람 때문에 새들이 풀밭 속에 숨었겠는데." 닉이 말했다.

둘은 과수원을 향해 내려갔다.

"오늘 아침에 도요새를 봤어." 빌이 말했다.

"잡을 수 있으려나?"

"바람이 너무 세서 총을 쏘기 힘들걸."

밖에 나오니 이제 마저리 일로 슬프지 않았다. 심지어 중요하게 느껴지지도 않았다. 바람이 모든 것을 흩날려버렸다.

"바람이 큰 호수에서 이리로 불고 있어." 닉이 말했다.

바람 사이로 탕! 하고 산탄총 소리가 들렸다.

"아버지야." 빌이 말했다. "저 아래 늪에 계실 거야."

"그리 가보자." 닉이 말했다.

"아래쪽 풀밭을 가로질러 가면서 사냥감이 있나 살펴보자." 빌이 말했다.

"좋아." 닉이 말했다.

이제 마저리에 관한 일은 하나도 중요하지 않았다. 마저리와 있었던 일을 강풍이 다 날려버렸다. 토요일 밤에 언제든 시내에 나갈 수 있다. 이런 여유가 생겼으니 좋은 일이다.

CHAPTER V

그들은 아침 6시 반에 장관 여섯 명을 병원 담장 앞에 세워놓고 총살했다. 병원 안마당에는 군데군데 물웅덩이가 있었다. 포장 작업 중이던 바닥에는 젖은 나뭇잎이 널브러져 있었다. 비가 세차게 내렸다. 병원의 모든 창은 덧창에 못을 박아 봉해져 있었다. 그들 중 한 명은 장티푸스를 앓고 있었다. 병사 둘이 그를 데리고 아래층으로 내려가 비 내리는 안마당으로 끌고 나갔다. 병사들은 그를 벽 앞에 세워놓으려고 애썼지만, 그는 물구덩이에 털썩 주저앉았다. 나머지 다섯 명은 아주 침착하게 벽에 기대어 섰다. 마침내 장교는 아픈 사람을 억지로 세워놓으려 해봤자 소용없으니 그만두라고 말했다. 병사들이 일제사격을 퍼부었을 때, 병든 장관은 머리를 무릎 사이에 묻은 채 물구덩이에 앉아 있었다.

부랑자

The Battler

닉이 일어섰다. 다친 데는 없었다. 닉은 철길을 따라 곡선을 그리며 사라져가는 화물열차의 마지막 차량*에서 반짝이는 불빛을 바라보았다. 물이 고여 있는 철길 양쪽 너머로는 낙엽송 늪지대가 펼쳐졌다.

무릎이 시큰거렸다. 바지는 찢어지고 여기저기 살갗이 까져 있었다. 손도 여러 군데 벗겨졌고, 손톱에는 모래와 재가 끼어 있었다. 선로 가장자리 쪽 완만한 비탈길을 내려간 닉은 물가에서 손을 씻었다. 차가운 물에 손을 조심스레 담그고 손톱에 낀 때를 씻어냈다. 닉은 쪼그리고 앉아 무릎에 난 상처도 물로 씻었다.

그 빌어먹을 보조 차장놈! 언젠가 본때를 보여줄 거다! 닉은 그 얼굴을 두고두고 기억할 것이다. 정말 비열한 놈이었다.

"이리 좀 와봐, 꼬마야. 너한테 줄 게 있어." 보조 차장이 말

---

* 보통 화물열차의 맨 끝 차량으로 열차의 보조 차장용 칸.

했다.

닉은 그 말에 넘어갔다. 참 멍청한 어린애 같은 짓이었다. 다시는 그런 꼼수에 넘어가지 않을 것이다.

"이리 와봐, 꼬마야. 줄 게 있다니까." 그에게 다가간 순간 쾅 소리와 함께 닉은 철로 옆으로 떨어져 손과 무릎으로 땅을 짚고 있었다.

닉은 눈언저리를 비볐다. 큼직한 혹이 불거져 나왔다. 눈덩이에 멍이 든 것이 틀림없었다. 이미 통증이 심했다. 보조 차장 개자식!

닉은 손가락으로 눈덩이에 생긴 혹을 만져보았다. 어쩔 수 없지, 멍만 좀 들었을 뿐이야. 무임승차로 치른 대가는 그게 전부였다. 싸게 물어준 셈이다. 닉은 얼마나 멍이 들었는지 보고 싶었다. 물에 얼굴을 비춰보았다. 잘 보이지 않았다. 날은 어두웠고 갈 길은 멀었다. 닉은 젖은 손을 바지에 문질러 닦고 일어나 철로가 있는 철롯둑을 올라갔다.

닉은 기찻길을 따라 걷기 시작했다. 기찻길은 고르고 평평하게 잘 닦여 있는데다, 모래와 자갈이 철로 침목 사이사이에 꽉 차 있어 걷기 편했다. 방죽길처럼 평탄한 철로의 노반은 늪지대를 관통해 끝없이 뻗어 있었다. 닉은 쉬지 않고 걸었다. 어디론가 가야만 했다.

닉은 화물열차가 월튼 교차로 외곽의 야적장으로 진입하며 속도를 늦출 때 열차에 매달렸고, 땅거미가 내려앉을 무렵 칼카스카를 지났다. 그렇다면 지금쯤 확실히 맨셀로나 가까이 와 있을 것이다. 늪지대는 5, 6킬로미터쯤 돼 보였다. 닉은 침목 사이의 자갈을 밟으며 철길을 계속 걸었다. 피어오르는 안개 속에 잠겨 있는 늪지대는 유령이라도 튀어나올 듯 으스스했다. 눈이 아프고 배가 고팠다. 닉은 묵묵히 걷기만 했다. 선로를 따라 어느새 꽤 먼 거리를 지나왔다. 선로 양쪽에는 똑같은 습지가 끝없이 펼쳐졌다.

다리가 나타났다. 닉은 다리를 건넜다. 부츠가 철재에 닿을 때마다 쿵쿵 소리가 공허하게 울려 퍼졌다. 발아래 철로 침목 틈 사이로 물이 검게 보였다. 닉은 침목 위로 삐져나온 헐거운 못을 발끝으로 찼다. 못은 다리 아래 물속으로 떨어졌다. 다리 너머는 언덕이었다. 기찻길 양쪽은 지대가 높고 어두웠다. 기찻길 위쪽 저 멀리에서 반짝이는 불빛이 보였다.

닉은 불빛을 향해 기찻길을 따라 조심스레 올라갔다. 불빛이 있는 곳은 기찻길에서 약간 벗어난 철롯둑 아래였다. 불빛 말고는 아무것도 보이지 않았다. 기찻길은 좁은 절벽 사잇길을 지나 구릉 밖으로 나왔고, 불이 피어 있는 지점부터는 사방이 탁 트인 들판이 완만한 경사를 이루며 낮아지면서 숲으로 흘러 들어가고 있었다. 불빛은 숲 가장자리에 있었다. 닉은 조심스럽게 철롯둑 아래로 내려가 나무숲 사이로 새어 나오는 불빛을 향해 다가갔다. 너도밤나무 숲이었다. 너도밤나무 사이를 지나가자니 땅에 떨어진 열매가 발에 밟혔다. 불은 숲의 가장자리에서 훨훨 타오르고 있었다. 한 사내가 모닥불 곁에 앉아 있었다. 닉은 나무 뒤에 숨어 사내를 지켜보았다. 혼자인 것 같았다. 사내는 두 손으로 머리를 감싸고 앉아 불을 바라보고 있었다. 닉은 나무 뒤에서 나와 환한 불빛 속으로 걸어갔다.

사내는 앉아서 불을 응시하고 있었다. 닉은 아주 가까이 다가가 걸음을 멈췄다. 사내는 미동도 하지 않았다.

"안녕하세요!" 닉이 인사를 건넸다.

사내가 고개를 들었다.

"눈덩이는 어쩌다 그렇게 멍들었어?" 사내가 물었다.

"보조 차장놈이 갑자기 후려쳤어요."

"직통 화물열차에서 떨어진 거야?"

"네."

"나도 그 자식을 봤지." 사내가 말했다. "한 시간 반쯤 전에 여길 지나갔어. 화물칸 위를 걸어가면서 추운지 팔짱을 끼고 손바닥으로 팔을 두드리며, 노래까지 부르더군."

"후레자식!"

"자네를 한 방 먹이고 나서 기분이 좋았던 게지." 사내가 진지하게 말했다.

"그놈한테 본때를 보여줄 거예요."

"다음에 그 자식이 지나가면 돌멩이를 던지라고." 사내가 충고하듯 말했다.

"정말 가만 안 둘 거예요."

"자넨 꽤 거칠어 보이는데, 안 그런가?"

"그렇지 않아요." 닉이 대답했다.

"자네 같은 젊은이들은 다 거칠어."

"그럴 수밖에 없잖아요." 닉이 말했다.

"내 말이 그 말이야."

사내는 닉을 바라보며 싱긋 웃었다. 불빛에 비친 사내의 얼굴이 흉물스러워 보였다. 함몰된 코에 두 눈 모두 상처로 찢어졌으며 입술은 기괴하게 뒤틀렸다. 닉은 이 모습을 한눈에 알아보지 못했다. 그저 얼굴이 괴상하게 바뀔 만큼 만신창이라고만 생각했다. 사내의 낯빛은 뽀얀 건축용 접착제 색을 띠었기에 모닥불에 비친 모습이 마치 죽은 사람 같았다.

"왜, 내 상판대기가 마음에 안 들어?" 사내가 물었다.

닉은 당황했다. "아뇨. 그런 게 아니라⋯."

"여길 좀 봐!" 사내가 모자를 벗었다.

귀가 한쪽밖에 없었다. 남아 있는 귀는 두꺼워져 머리 옆에 딱 달라붙어 있었다. 없어진 다른 쪽 귀는 돌기만 남아 있었다.

"이런 거 본 적 있나?"

"아뇨." 닉이 말했다. 속이 조금 메슥거렸다.

"난 견딜 수 있어." 사내가 말했다. "내가 견뎌낼 수 있다고 생각하지 않나, 젊은이?"

"그럼요!"

"모두 나한테 주먹을 날렸지만, 아무도 날 해치지 못했어." 키 작은 사내가 말했다.

사내는 닉을 쳐다보았다. "앉아, 뭘 좀 먹어야지?"

"신경 쓰지 마세요." 닉이 대답했다. "마을로 가는 길이거든요."

"이봐, 애드라고 불러!" 남자가 말했다.

"그럴게요."

"있잖아. 난 정상이 아니야." 사내가 말했다.

"뭐가 문제죠?"

"미쳤거든."

사내는 모자를 다시 썼다. 닉은 웃음이 터질 것 같았다.

"그렇게 안 보이는데요." 닉이 말했다.

"아냐, 정상이 아냐. 난 미쳤다니까. 이봐, 자네 혹시 미쳐본 적 있나?"

"없어요. 그런데 어쩌다 그렇게 됐죠?"

"모르겠어. 일단 회까닥하면 내가 그런 줄조차 몰라. 자네, 나 알지? 그렇지?"

"몰라요."

“내가 애드 프랜시스야.”

“정말요?”

“믿기지 않는가 보구먼?”

“아뇨, 믿어요.”

닉은 사내의 말이 사실이라고 확신했다.

“내가 상대들을 어떻게 이겼는지 알아?”

“저야 모르죠.”

“내 심장은 천천히 뛰거든. 일 분에 마흔 번밖에 안 뛰어. 한 번 재봐.”

닉은 망설였다.

“자, 어서 재보라니까.” 사내는 닉의 손을 잡아끌었다. “내 손목을 잡고 손가락을 여기에 얹으라고.”

작은 체구에 비해 사내의 손목은 두꺼웠고 힘줄이 뼈 위로 불룩 솟아 있었다. 닉은 손가락 아래로 천천히 뛰는 심장의 박동을 느꼈다.

“시계 있나?”

“없어요.”

“나도 없어. 시계가 없으니 어쩔 수 없군.”

닉은 사내의 손목을 내려놓았다.

“이봐, 다시 잡아봐. 자네가 맥박을 재는 동안 내가 육십까지 셀게.” 키가 작은 애드 프랜시스가 말했다.

닉은 손가락 끝으로 느리고 강하게 뛰는 맥박을 느끼며 수를 세기 시작했다. 작은 사내가 천천히 하나, 둘, 셋, 넷, 다섯… 하며 수를 셌다.

"육십!" 애드가 외쳤다. "일 분 됐어. 얼마까지 셌나?"

"사십이요." 닉이 말했다.

"그럼 그렇지! 절대 빨라지지 않는다니까!" 애드가 만족스러운 듯 말했다.

그때 한 남자가 철롯둑 아래로 내려와 들판을 가로질러 모닥불이 있는 곳으로 걸어왔다.

"왔구나, 벅스!" 애드가 말했다.

"네, 왔어요." 흑인 목소리였다. 닉은 벅스의 걸음걸이를 보자마자 흑인임을 일찌감치 알아챘다. 벅스는 두 사람을 등진 채 불 쪽으로 허리를 숙였다가 곧바로 몸을 일으켰다.

"내 친구 벅스야, 이 친구도 미쳤지." 애드가 말했다.

"만나서 반가워요." 벅스가 인사했다. "어디서 왔다고 했죠?"

"시카고에서 왔어요." 닉이 말했다.

"멋진 도시죠." 벅스가 말했다. "그나저나 아직 이름을 못 들었는데…."

"애덤스예요. 닉 애덤스요."

"닉은 한 번도 미쳐본 적이 없다는군, 벅스." 애드가 말했다.

"앞으로 많은 일을 겪을 테지요." 불 옆에서 꾸러미를 풀며 흑인이 말했다.

"밥은 언제 먹을 거야, 벅스?" 프로 권투선수 애드가 물었다.

"금방 돼요."

"배고프지, 닉?"

"무지하게 고파요."

"닉이 하는 말 들었지, 벅스?"

"대부분 다 들려요."

"그런 뜻이 아니잖아."

"알아요. 저 신사분이 하신 말, 들었어요."

벅스는 프라이팬에 햄 조각을 가지런히 올려놓았다. 프라이팬이 뜨거워지자 기름이 폭폭 소리를 내며 튀었다. 불 앞에 검고 기다란 다리를 쪼그려 앉은 벅스는 햄을 뒤집었다. 그다음 달걀을 깨뜨려 프라이팬에 넣고 좌우로 기울여가며 달걀에 뜨거운 기름이 스며들도록 했다.

"저 봉지에 있는 빵 좀 잘라줄래요, 애덤스 씨?" 불 앞을 지키던 벅스가 몸을 돌리더니 말했다.

"그러죠."

닉은 봉지에 손을 넣어 빵 한 덩어리를 꺼내서는 여섯 조각으로 잘랐다. 애드는 닉을 지켜보다가 앞으로 몸을 숙였다.

"칼 좀 줘봐, 닉."

"안 돼요, 주지 마세요!" 흑인이 말했다. "칼을 꽉 쥐고 계세요, 애덤스 씨.”

권투선수는 뒤로 물러나 앉았다.

“빵 좀 건네줄래요, 애덤스 씨?” 벅스가 부탁했다. 닉은 빵을 가져가 벅스에게 주었다.

“햄 기름에 빵 찍어 먹는 거, 좋아해요?” 흑인이 물었다.

“그럼요!”

“나중에 그렇게 먹으면 좋겠군요. 식사가 끝날 때쯤이요. 자, 여기요.”

흑인은 햄 한 조각을 집어 잘라놓은 빵 위에 올려놓고 달걀을 미끄러뜨리듯 그 위에 얹었다.

“거기에 빵 조각을 하나 더 얹어서 프랜시스 씨에게 주세요.”

애드는 샌드위치를 받아들고 먹기 시작했다.

“달걀이 빠져나오지 않게 주의해서 드세요.” 흑인이 애드에게 말했다.

“이건 당신 거예요, 애덤스 씨. 나머지를 내가 먹을게요.”

닉은 샌드위치를 한입 베어 물었다. 흑인은 닉의 맞은편, 애드 옆에 앉아 있었다. 뜨겁게 튀긴 햄과 달걀이 어우러진 맛은 환상적이었다.

“애덤스 씨는 무척 배가 고팠나 봐요.” 흑인이 말했다. 닉이 이름만 들어 알고 있는 자그마한 체구의 전 챔피언 복서는 아무런 대꾸도 하지 않았다. 흑인이 칼을 언급한 뒤로는 아무 말도 하지 않았다.

"뜨거운 햄 기름에 적신 빵 좀 드릴까요?" 벅스가 물었다.

"고마워요."

체구가 작은 백인 사내가 닉을 쳐다봤다.

"아돌프 프랜시스 씨도 조금 드시겠어요?" 벅스가 프라이팬을 내밀며 말했다.

애드는 대답하지 않고 닉을 쳐다보았다.

"프랜시스 씨?" 흑인이 부드러운 목소리로 물었다.

애드는 대답하지 않았다. 닉만 쳐다보고 있었다.

"좀 더 드시겠냐고 물었어요, 프랜시스 씨." 흑인이 상냥하게 말했다.

애드는 계속 닉을 쏘아보았다. 푹 눌러쓴 모자가 눈을 가리고 있었지만, 닉은 초조해졌다.

"어디서 배워먹은 버르장머리야?" 닉을 향해 모자 밑에서 날카로운 목소리가 튀어나왔다.

"넌 대체 어디서 굴러먹던 놈이야? 이런 개 코딱지 같은 자식이 있나. 오라 소리도 하지 않았는데 제 발로 걸어와서는 남의 음식을 처먹고, 내가 칼을 달라고 하니까 주제넘게 건방을 떨어?"

애드는 닉을 노려봤다. 얼굴은 창백했고 모자 밑으로 가려진 눈은 거의 보이지 않았다.

"웃기는 자식이네. 대체 누가 너한테 여기 끼어들라고 했어?"

"아무도 안 그랬어요."

"당연히 아무도 안 그랬지. 너더러 여기 있으라고 한 사람은 하나도 없어. 네 마음대로 여기 와서는 내 얼굴을 보고 비웃고, 내 시가를 피우고, 내 술까지 마시더니, 그것도 모자라서 말까지 싸가지 없게 하고 있잖아. 도대체 누구 앞인 줄 알고 멋대로 행동하는 거야!"

닉은 아무 말도 하지 않았다. 애드가 일어섰다.

"내 말 잘 들어, 이 겁쟁이 시카고 새끼야. 넌 곧 머리꼭지가 열리게 두들겨 맞을 거야. 알겠어?"

닉은 뒤로 물러났다. 작은 남자는 발바닥을 바닥에 붙인 채, 왼발이 앞으로 나가면 오른발을 왼발이 있던 자리로 끌어당기는 복싱의 공격 스텝을 밟으며 닉 앞으로 서서히 다가왔다.

"날 쳐봐." 고개를 좌우로 움직이며 그가 말했다. "한번 쳐보라고!"

"그러고 싶지 않아요."

"그런 식으로 빠져나갈 순 없어. 넌 오늘이 제삿날이야, 알아? 자, 어서 날 쳐봐!"

"그만해요." 닉이 말했다.

"좋아, 그럼 내가 먼저 친다, 이 후레자식아."

체구가 작은 사내는 닉의 발을 내려다보았다. 사내가 아래쪽을 내려다보는 순간, 모닥불 앞을 떠날 때부터 뒤를 따라오던 흑인이 사내의 두개골 밑을 곤봉으로 가볍게 가격했다. 사내가 앞으로 폭 쓰러지자 벅스는 가죽으로 싼 곤봉을 풀밭에 떨어뜨렸다. 사내는 풀밭에 얼굴을 대고 누워 있었다. 흑인은 사내를 번쩍 안고는 불 앞으로 옮겼다. 사내의 얼굴은 상태가 안 좋아 보였는데 눈은 뜬 채였다. 벅스가 그를 조심스레 눕혔다.

"애덤스 씨, 양동이의 물 좀 갖다주세요." 벅스가 말했다. "내가 좀 세게 쳤나 봐요."

흑인은 손으로 물을 떠 남자의 얼굴에 끼얹더니 귀를 살살 당겼다. 그러자 남자의 눈이 감겼다.

벅스가 일어섰다.

"별일 아니에요." 그가 말했다. "걱정할 거 없어요. 미안해요, 애덤스 씨."

"괜찮아요." 닉은 작은 사내를 내려다보았다. 그러다가 잔디 위에 있는 블랙잭(검은 가죽으로 감싼 납 곤봉)을 발견하고는 손으로 집어 들었다. 손잡이는 유연해 손안에서 휘어질 정도였다. 검은 가죽은 낡았고, 무거운 끝부분에는 손수건이 감겨 있었다.

"고래 뼈 손잡이예요." 흑인이 웃으며 말했다. "이제 더는 만들지 않는 물건이죠. 당신이 스스로 잘 방어할 수 있을지 걱정했어요. 게다가, 어쨌든 저분을 지금보다 더 다치게 하거나 상처 입히고 싶지 않았거든요."

흑인은 다시 미소를 지었다.

“저 사람을 다치게 한 건 당신이잖아요.”

“난 안 다치게 하는 방법을 알거든요. 저분은 깨어나도 무슨 일이 있었는지 전혀 기억하지 못해요. 저분이 회까닥하면 이런 방법을 써야만 하죠.”

닉은 타오르는 모닥불 빛 속에서 눈을 감고 누워 있는 작은 사내에게서 눈을 떼지 않았다. 벅스는 불 위에 장작을 얹었다.

“전혀 신경 쓰지 마세요, 애덤스 씨. 전에도 이런 모습을 여러 번 봤으니까요.”

“왜 미친 거죠?” 닉이 물었다.

“음, 여러 가지 일이 있었어요.” 흑인이 불 앞에서 대답했다. “커피 한 잔 드릴까요, 애덤스 씨?”

흑인은 닉에게 컵을 건네고는 정신을 잃고 쓰러져 있는 사내의 머리맡에 받쳐준 외투를 매만졌다.

“너무 많이 맞았어요. 그게 가장 큰 이유겠지요.” 흑인이 커피를 한 모금 마셨다. “그건 저분을 멍청하게 만들었을 뿐이고요. 실은 당시에 저분과 매니저인 누이에 관한 기사가 거의 매일 빠지지 않고 신문에 실렸더랬어요. 여동생이 이렇게 오빠를 사랑한다더라, 저분이 여동생을 저렇게 사랑한다더라, 같이 말이죠. 나중에 두 사람은 뉴욕에서 결혼했는데, 그로 인해 불쾌한 일이 자주 벌어졌죠.”

“나도 기억나요.”

"그렇겠죠. 물론 두 사람은 남매가 아니에요. 누가 들어도 뻔한 헛소리였죠. 그런데도 어쨌든 세상 사람은 두 사람의 결혼을 그리 좋게 보지 않았어요. 그러다가 둘 사이에 의견 차이가 생기기 시작했고 어느 날 아내가 집을 나가 다시는 돌아오지 않았죠."

흑인은 커피를 홀짝이고 나서 핑크빛 손바닥으로 입술을 닦았다.

"그러자 바로 미쳐버린 거예요. 커피 더 드릴까요, 애덤스 씨?"

"네, 더 주세요."

"그 여자를 몇 번 본 적이 있어요." 흑인이 계속 말했다. "아주 잘생긴 여자였어요. 쌍둥이라고 해도 믿을 만큼 저분이랑 닮았더군요. 저분도 얼굴이 저렇게 다 망가지기 전에는 아주 잘생겼거든요."

흑인은 말을 멈췄다. 이야기는 다 끝난 것 같았다.

"어디서 만났어요?" 닉이 물었다.

"교도소에서요. 그 여자가 집을 나간 후 저분은 늘 싸움질을 일삼았고, 결국 감방에 갇히는 신세가 되었죠. 난 사람을 칼로 찔러서 들어갔고요."

흑인은 미소를 짓더니 나직한 목소리로 말을 이어갔다.

"저분을 보자마자 좋아했어요. 그래서 출소하자 찾아 나섰죠. 저분은 내가 미쳤다고 여기지만 난 상관 안 해요. 저분과 함께 지내는 게 좋아요. 전국을 둘러보는 것도 좋고요. 도둑질을 안

해도 되니까요. 신사처럼 사는 게 좋아요.”

“둘이 무슨 일을 하는데요?” 닉이 물었다.

“글쎄요… 아무 일도 안 해요. 그냥 이리저리 떠돌아다니죠. 저분에게 돈이 있으니까요.”

“돈을 많이 벌어놨나 봐요.”

“그랬죠, 다 써버렸지만요. 사람들이 빼앗아 갔는지도 모르고요. 그 여자가 돈을 보내준답니다.”

흑인은 불을 쑤석거렸다.

“그 여자는 아주 좋은 분이에요.” 흑인이 말했다. “쌍둥이라고 해도 믿을 만큼 저분을 닮았어요.”

흑인은 거칠게 숨을 쉬며 누워 있는 작은 사내를 바라보았다. 금발 머리가 이마 위로 흘러내렸고 상처투성이 얼굴은 잠자는 어린아이처럼 평안해 보였다.

“언제든 저분을 깨어나게 할 수 있어요, 애덤스 씨. 괜찮으시다면, 이제 가시는 게 좋겠어요. 불친절하게 대하고 싶지는 않지만, 저분이 깨어나 당신을 다시 보면 또다시 혼란스러워할지도 모르니까요. 또다시 쿵 하고 내리치기 싫지만, 저분이 발작을 시작하면 그렇게 하는 것 말고는 다른 수가 없답니다. 그래서 사람들한테서 멀리 떨어져 있게 해야 해요. 괜찮으시죠? 아니, 고마워하지 마세요, 애덤스 씨. 미리 경고를 드렸어야 했는데, 저분이 당신을 좋아하는 것 같아서 괜찮겠다 싶었어요. 기찻길을 따라 한 3킬로미터쯤 올라가면 마을이 나올 거예요. 맨셀로나라는 마을이에요. 살펴 가세요. 하룻밤 자고 가라고 하고 싶지만, 그럴 수가 없네요. 햄이랑 빵 좀 챙겨드릴까요? 싫어요? 그럼 샌드위치라도 가져가야 좋을 거예요." 흑인은 줄곧 낮고 부드럽고 공손한 목소리로 말했다.

"그럼, 잘 가세요, 애덤스 씨. 행운을 빌어요!"

닉은 모닥불을 떠나 들판을 가로질러 철길 쪽으로 걸어갔다. 불빛이 닿지 않는 곳에 다다랐을 때 두런거리는 소리가 들려왔다. 흑인이 낮고 부드러운 목소리로 말하고 있었는데, 무슨 말인지 알아들을 수 없었다. 이윽고 작은 사내가 "두통이 너무 심해, 벅스" 하고 말하는 소리가 들렸다.

"곧 괜찮아질 거예요, 프랜시스 씨." 흑인이 진정시켰다. "뜨거운 커피 한 잔 드세요."

닉은 철롯둑을 올라 기찻길을 따라 걷기 시작했다. 손에 햄샌드위치가 들려 있다는 걸 깨닫고 주머니에 집어넣었다. 기찻길이 구릉 지대로 접어들기 전 고갯마루에 서서 뒤를 돌아다보니 저 멀리 모닥불이 보였다.

CHAPTER VI

사람들은 기관총 사격이 빗발치는 거리에서 닉을 질질 끌고 와서는 교회 벽에 기대어 앉혔다. 닉의 두 다리는 제멋대로 늘어져 있었다. 척추에 총을 맞았다. 땀에 흠뻑 젖은 얼굴은 더러웠다. 햇빛이 얼굴을 비췄다. 날은 무더웠다. 등이 넓은 리날디가 널브러져 있는 병기에 둘러싸여 바닥에 얼굴을 대고 벽을 향해 엎드려 있었다. 닉은 정면을 응시하고 있었다. 맞은편 집의 분홍색 벽은 부서져 지붕에서 떨어져 나갔고, 철제 침대는 거리 쪽을 향해 비틀린 모양으로 매달려 있었다. 집의 그늘이 드리운 잔해더미 속에 오스트리아인 시체 두 구가 누워 있었다. 길 위쪽에는 또 다른 사람들이 죽어 있었다. 마을 안에서는 일이 진전되고 있었다. 상황이 좋아지고 있었다. 구급대가 들것을 갖고 곧 도착할 것이었다. 닉은 고개를 돌려 리날디를 내려다보았다. "Senta Rinaldo, Senta.(리날도 들어봐, 내 말 들어봐.) 너하고 나, 우리 둘은 각자 평화를 찾은 거야." 리날디는 햇살 아래 죽은 듯 누워 간신히 숨을 쉬

고 있었다. "우린 애국자가 아니라고." 닉은 씁쓸한 미소를 지으
며 고개를 돌렸다. 리날디는 아무런 반응이 없었다.

아주 짧은 이야기

A Very Short Story

파두아의 어느 무더운 저녁, 그들은 병원의 꼭대기 층 병실로 그를 옮겼다. 거기서는 시내가 훤히 내려다보였다. 하늘에는 칼새들이 날아다녔다. 잠시 후 어둠이 내려앉자 탐조등이 하나둘 하늘을 가르기 시작했다. 함께 있던 이들은 약병을 챙겨 아래층으로 내려갔다. 그와 루즈는 발코니 아래에서 들려오는 그들의 소리를 들을 수 있었다. 루즈는 병원 침대 가장자리에 앉아 있었다. 무더운 밤이었는데도 루즈는 산뜻하고 생기가 넘쳤다.

루즈는 3개월 동안 야간 근무를 했다. 병원 측은 루즈에게 흔쾌히 그러라고 했다. 수술을 받으러 들어갔을 때 루즈는 그가 수술대에 오를 수 있도록 준비를 했고, 둘은 긴장을 풀기 위해 '친구냐 아니면 관장제*냐'라는 야전에서 쓰는 농담을 주고받았다.

---

* enemy는 적, enema는 관장제. 이 두 단어의 철자가 비슷하여 야전에서 농담의 재료로 썼다.

그는 정신이 흐릿해지고 말이 많아지는 마취 상태에 빠져 있는 동안, 자신도 모르게 아무 말이나 다 나올까 봐 정신을 잃지 않으려고 애썼다. 목발을 짚고 걸어 다닐 수 있을 무렵부터는 루즈가 잠을 방해받지 않도록 루즈를 대신해 환자들의 체온을 재러 다녔다. 환자는 많지 않았고, 루즈와 그의 관계를 알고 있었다. 그들은 모두 루즈를 좋아했다. 복도를 따라 걸어오면서 그는 자기 침대에 누워 있는 루즈를 생각했다.

그가 전선으로 복귀하기 전, 두 사람은 두오모*에 가서 기도했다. 성당 안은 어두컴컴했고 다른 사람들도 기도하고 있었다. 두 사람은 결혼식을 올리고 싶었다. 그러나 삼 주나 걸리는 성당의 결혼 예고 의무를 지킬 시간이 없었고, 둘 다 출생증명서도 없었다. 둘은 결혼한 사이나 다름없다고 여겼지만, 그것을 모든 사람이 알기를 원했다. 결혼할 기회를 놓치고 싶지 않았다.

루즈는 전선으로 떠난 그에게 편지를 자주 보냈다. 편지들은 휴전이 되고 나서야 그에게 배달됐다. 그는 다발로 묶여 있는 편지 열다섯 통을 날짜별로 분류하고는 단숨에 읽어 내려갔다. 편지에는 병원 이야기를 비롯해 루즈가 얼마나 그를 사랑하는지, 그 없이 지내는 일이 얼마나 힘든지, 밤마다 그를 그리워하느라 얼마나 괴로운지 하는 이야기가 쓰여 있었다.

---

* 돔형 교회를 의미하며, 여기서는 파도바 성모 승천 대성당일 가능성이 크다.

　　휴전 후 전선에 있던 그가 파두아로 돌아와 재회했을 때, 둘은 그가 먼저 고국으로 돌아가 직장을 잡고 나서 결혼하기로 약속했다. 루즈는 그가 좋은 직장을 잡고 뉴욕으로 마중 나올 수 있을 때까지 귀국하지 않겠다고 했다. 그는 술을 끊고 미국에 있는 친구들이나 그 누구도 만나지 않겠다고 약속했다. 하루라도 빨리 직장을 구해 루즈와 결혼하고픈 생각뿐이라고 했다. 파두아에서 밀란으로 가는 기차 안에서 두 사람은 루즈가 곧바로 귀국하려 들지 않는다는 이유로 말다툼을 했다. 밀란 기차역에서 헤어져야 했을 때 둘은 작별 키스를 나눴지만, 그렇다고 다툼이 끝난 건 아니었다. 그는 그런 식으로 작별 인사를 한 것이 몹시 마음에 걸렸다.

　　그는 제노바에서 배를 타고 미국으로 향했고, 루즈는 병원 개원을 지원하기 위해 전근된 포르데노네*로 돌아갔다. 쓸쓸한 포르데노네에는 비가 자주 내렸고, 마을에는 아르디티** 부대가 주둔해 있었다. 겨울에도 비가 많이 내려 진창이 되는 마을에서 루즈는 소령과 사랑을 나눴다. 루즈에게 이탈리아 남자는 처음이었다. 결국 그녀는 미국에 있는 그에게 편지를 보냈다. 우리 둘의 사랑은 아이들의 설익은 애정 행각에 지나지 않았고, 미안하

---

* 이탈리아 북동부의 도시.
** 1차 세계대전 당시의 이탈리아 왕립 육군 정예 특수부대.

다고, 아마도 지금은 이해하지 못하리라는 걸 알지만 언젠가는 그녀를 용서하고 고맙게 생각할지도 모른다고 썼다. 덧붙여 전혀 예기치 못한 일이지만 돌아오는 봄에 결혼할 것 같다고도 했다. 자신은 늘 그를 사랑했지만, 그건 단지 치기 어린 불장난이었다는 것을 이제야 깨달았으며, 그가 멋진 일을 하기를 바라고, 꼭 성공하리라 믿는다고 했다. 이렇게 하는 게 최선이라고 생각한다며 루즈는 편지글을 맺었다.

소령은 봄이 가고 계절이 여러 번 바뀌었어도 루즈와 결혼하지 않았다. 루즈는 소령과의 그런 일에 대해 시카고에 있는 그에게 보낸 편지에 끝내 답장을 받지 못했다. 얼마 지나지 않아 그는 링컨 공원을 지나던 택시 안에서 함께 있던 루프 지역* 백화점 여점원에게서 임질을 옮았다.

---

* 유명 백화점들이 있는 시카고의 중심 상가.

CHAPTER VII

포격으로 산산조각이 나고 있는 포살타*의 참호 안에서 그는 땅에 납작 엎드려 땀을 흘리며, 제발 여기서 살아나가게 해달라고 예수 그리스도에게 기도했다. 예수님, 저를 구해주세요. 그리스도여, 제발, 제발, 제발 그리스도여! 살려만 주신다면 당신의 모든 말씀을 따르겠습니다. 저는 주님을 믿고, 세상 모든 사람에게 주님만이 가장 중요한 존재라고 전하겠습니다. 제발, 제발, 주님! 포격이 전선을 따라 위쪽으로 이동했다. 우리는 참호를 복구하러 갔다. 아침이 되자 해가 떴고 날씨는 후덥지근했으며 생기 있고 조용했다. 다음 날 밤 메스트레**로 돌아온 그는 빌라 로사에서 함께 위층으로 올라갔던 여자에게 예수님 이야기는 한마디도 꺼내지 않았다. 나아가 아무에게도 말하지 않았다.

---

* 이탈리아 북동부의 마을.
** 이탈리아 베네치아의 내륙 지대 마을.

병사의 고향

Soldier's Home

크레브스는 캔자스에 있는 감리교 대학에 다니다가 참전했다. 크레브스가 동아리 친구들과 함께 찍은 사진이 한 장 있는데, 사진 속 인물들은 모두 높이와 모양이 같은 칼라*를 착용했다. 1917년 해병대에 입대한 크레브스는 라인강 지역에 주둔하던 2사단에 소속되었다가 1919년 여름에야 미국으로 돌아왔다.

라인강에서 상병과 독일 여자 둘과 함께 찍은 사진도 있다. 크레브스와 상병은 군복에 비해 몸집이 너무 커 보인다. 독일 여자들은 예쁘지 않다. 사진에 라인강은 보이지 않는다.

고향 오클라호마로 크레브스가 돌아왔을 때는 전쟁 영웅을 환영하는 열기가 사그라진 다음이었다. 크레브스는 너무 늦게 돌아왔다. 전쟁터로 징집당했다가 살아 돌아온 고향 마을 남자들은 열렬한 환영을 받았다. 그야말로 열광의 도가니였다. 하지

---

* 양복이나 와이셔츠 따위의 목둘레에 길게 덧붙여진 부분.

만 이제는 반감이 일기 시작했다. 전쟁이 끝난 지 한참 지나서야 돌아온 크레브스를 두고 사람들은 꼴불견이라고 생각하는 것 같았다.

프랑스의 벨로숲, 수아송, 샹파뉴, 생미히엘, 아르곤 전투에 참여한 크레브스는 처음에는 전쟁의 지읒 자도 꺼내고 싶지 않았다. 하지만 나중에 전쟁 이야기를 할 필요성을 느꼈을 때는 마을 사람들 아무도 크레브스의 이야기를 듣고 싶어 하지 않았다. 이미 너무 잔혹한 이야기를 많이 들은 탓이었다. 이제 그들은 전쟁의 참상 이야기를 들어도 더는 전율을 느끼지 않았다. 크레브스는 거짓말을 해야만 사람들이 귀를 기울인다는 사실을 깨달았다. 하지만 두어 번 거짓말을 하고 나자 자신조차도 전투나 전쟁 이야기를 늘어놓는 것이 역겨워졌다. 자기가 만들어낸 거짓말 때문에 전쟁에서 겪은 모든 일에 혐오감이 생겼다. 생각만 해도 속이 시원하고 맑아지던 기억, 다른 일을 할 수도 있었던 그 시기에 남자가 할 수 있는 유일한 일, 그 일을 쉽고 자연스럽게 해냈던 아주 오래된 시절이 이제는 멋지고 소중한 가치를 잃고 완전히 사라져버렸다.

크레브스가 한 거짓말은 대단찮았다. 다른 사람들이 봤거나, 했거나, 들은 사건을 자신이 경험한 일처럼 포장하고, 군인이라면 다 알 만한, 출처가 불분명한 소문이 실제로 있었던 일이라 떠벌렸을 뿐이다. 그렇지만 그런 거짓말조차 당구장에서는 별로

화제가 되지 못했다. 지인들은 아르곤숲에서 기관총에 쇠사슬로 묶인 채 발견된 독일 여자들 이야기를 이미 자세히 여러 번 들은 사람들이었고, 덜 잔인하고 인간적인 독일 기관총 사수들에 대해서는 이해할 수 없거나, 애국심 때문에 그런 이야기에 관심을 갖는 것 자체가 불편한 사람들이어서 크레브스의 이야기에 감동할 리가 없었다.

거짓말이나 과장된 경험담은 혐오감을 샀을 뿐이다. 가끔 실제로 전쟁에 참전했던 다른 남자와 무도회장 뒤편 탈의실에서 만나 몇 마디 나눌 때면, 끔찍하고 넌더리가 날 만큼 늘 두려움에 떨었다고 너스레를 떠는 노병의 구태에 빠졌다. 그렇게 크레브스는 모든 것을 잃어갔다.

늦여름이었다. 크레브스는 여름 내내 느지막이 잠자리에서 일어났고, 시내 중심가에 있는 도서관까지 걸어가 책을 빌려왔다. 집에서 점심을 먹고 현관 앞 테라스에 앉아 지루해질 때까지 책을 읽다가, 하루 중 가장 더운 시간을 시원하고 어두운 장소에서 보내려고 시내를 가로질러 당구장으로 갔다. 크레브스는 당구를 좋아했다.

저녁이 되면 클라리넷 연습을 하고 나서 시내를 이리저리 산책한 다음, 책을 읽다가 잠자리에 들었다. 여동생 둘에게 크레브스는 여전히 영웅이었다. 크레브스가 원하면 어머니는 아침 식사를 침대로 가져다주었을 것이다. 어머니는 크레브스가 침대에 누워 있을 때 방문을 열고 들어와서는 귀 기울여 듣지도 않으면서도 전쟁 이야기를 해달라고 종종 졸랐다. 아버지는 뜨뜻미지근했다.

전쟁터로 떠나기 전까지 아버지는 단 한 번도 크레브스에게 차를 써도 좋다고 허락한 적이 없었다. 부동산업에 종사하는 아버지는 고객에게 농장 부지를 보여주기 위해 교외로 나가야 할 때 바로 쓸 수 있도록, 자동차가 항상 대기 상태에 있기를 바랐다. 차는 언제나 2층에 아버지 사무실이 있는 퍼스트내셔널 은행 건물 밖에 주차되어 있었다. 전쟁이 끝난 지금도 여전히 같은 차였다.

어린 소녀들이 성장했다는 것 말고는 마을은 별로 변한 점이 없었다. 여자들은 이미 형성된 얽히고설킨 우정 관계와 끊임없이 변하는 적대적 갈등이 뒤섞인 너무 복잡한 세상에 살고 있어서 크레브스는 그 안에 뛰어들 에너지나 용기를 느끼지 못했다. 그래도 여자를 바라보는 건 좋았다. 예쁜 여자들이 무척 많았다. 여자들은 대부분 머리가 짧았다. 크레브스가 전장으로 떠나기 전에는 어린 여자아이들, 아니면 행실이 좋지 않은 여자들만 머리를 짧게 잘랐다. 여자들은 모두 스웨터와 둥그런 네덜란드식 칼라가 달린 블라우스를 입었다. 그게 유행이었다. 크레브스는 현관 테라스에 앉아서 길 건너편이나 나무 그늘 아래로 걸어가는 여자들을 바라보기 좋아했다. 스웨터 위로 보이는 둥근 네덜

란드식 칼라가 좋았고, 실크 스타킹과 단화도 좋았다. 여자들의 단발머리와 걷는 모습도 좋아했다.

하지만 시내에 나가보면 젊은 여자들이 별로 매력적이지 않았다. 그리스인이 주인인 아이스크림 가게에서 젊은 여자들을 보았을 때도 크레브스는 별로 좋지 않았다. 그는 여자를 진정으로 원하지 않았다. 여자는 너무 복잡했다. 아니, 다른 이유도 있었다. 막연하게 여자를 원하기는 했으나 여자를 얻으려고 애쓰고 싶지 않았다. 여자를 가지고 싶었으나 여자를 얻으려고 시간을 오래 쓰고 싶지 않았다. 음모와 술수에 휘말리고 싶지 않았다. 환심을 사기 위해 어떤 짓도 하고 싶지 않았다. 더는 거짓말하고 싶지도 않았다. 그럴 가치가 없었다.

그는 어떤 결과도 원치 않았다. 어떤 결과도 절대로 다시는 원하지 않았다. 결과 없이 그냥 살아가고 싶었다. 게다가 여자는 정말로 필요하지 않았다. 군대에서 그렇게 배웠다. 짐짓 여자가 필요한 체하는 건 괜찮았다. 군대에서는 거의 모두가 그렇게 했다. 그러나 그건 진심이 아니었다. 여자는 필요 없었다. 그건 좀 이상한 일이었다. 먼저 한 녀석이 자신은 한 번도 여자를 생각해본 적이 없고, 여자들은 감동을 주지 못하기 때문에 자기에게 아무런 의미가 없다고 너스레를 떨었다. 그러자 다른 녀석이 자기는 언제나 여자가 있어야만 하고, 여자가 없으면 잠이 안 올 뿐 아니라 여자 없이는 살 수 없다고 떠벌렸다.

모두 거짓말이었다. 둘 다 거짓말이었다. 여자 생각을 하지 않으면, 여자는 필요하지 않았다. 크레브스는 그걸 군대에서 배웠다. 그러면서도 줄곧 여자를 가졌다. 여자가 정말로 필요할 때면 여자가 생겼다. 그러니 생각할 필요가 없었다. 머지않아 그렇게 될 테니까. 크레브스는 군대에서 그걸 배웠다.

이제 크레브스는 자기에게 말을 걸지만 않는다면 여자를 좋아할 것이다. 여기 고향에서는 모든 것이 아주 복잡했다. 다시는 모든 것을 감당할 수 없다고 느꼈다. 고생할 가치가 없었다. 프랑스 여자와 독일 여자는 그랬다. 말이 많지 않았다. 말을 많이 할 수도 없었고 말할 필요도 없었다. 단순했고 그냥 친구였다. 크레브스는 프랑스를 생각하다가 독일을 생각하기 시작했다. 전반적으로 크레브스는 독일을 더 좋아했다. 독일을 떠나고 싶지 않았다. 고향으로 돌아오고 싶지 않았다. 그런데도 고향으로 돌아왔다. 크레브스는 현관 테라스에 앉아 있었다.

크레브스는 길 건너편에서 걸어가는 여자들을 좋아했다. 프랑스 여자나 독일 여자보다 고향 여자의 외모를 훨씬 더 좋아했다. 하지만 그들이 사는 세상은 크레브스가 사는 세상과 달랐다. 그들 중 한 명을 갖고 싶었지만 쓸데없는 생각이었다. 고향 여자들은 정말 아름답고 매력적이었다. 그 아름다움에 마음이 끌렸다. 설레는 일이었다. 그래도 자신의 모든 이야기를 털어놓아야 하는 과정을 다시 거치고 싶지 않았다. 그만큼 절실하게 여자를 원하지 않았다. 그래도 여자를 바라보는 건 좋았다. 하지만 굳이 가까워지고 싶지 않았다. 그럴 가치가 없었다. 상황이 다시 좋아지고 있는 지금은 더더욱 그랬다.

크레브스는 현관 테라스에 앉아 전쟁에 관한 역사책을 읽었다. 자신이 참전한 모든 전투에 관한 내용을 읽고 있었다. 지금까지 읽은 책 중 가장 흥미로웠다. 크레브스는 책 속에 지도가 더 많이 실렸으면 좋았겠다고 아쉬워했다. 나중에라도 상세한 지도가 실린 훌륭한 전쟁 역사서들이 나오기를 기대하며, 그 책들을 모두 읽을 날이 올 거라는 기대감에 부풀어 있었다. 비로소 크레브스는 전쟁을 제대로 알아가고 있었다. 크레브스는 좋은 군인이었다. 그게 다른 사람과 다른 점이었다.

크레브스가 집에 돌아온 지 한 달이 되어가던 어느 날 아침, 어머니가 방으로 들어와 침대 옆에 걸터앉았다. 그녀는 앞치마를 매만졌다.

"어젯밤에 아버지와 얘기를 좀 했는데, 해럴드." 어머니가 말했다. "네가 저녁에 차를 갖고 나가도 된다고 하시더구나."

"그래요? 차를 써도 된다고요?" 잠이 덜 깬 크레브스가 물었다.

"그래, 아버지는 진즉부터 저녁에 필요할 때마다 네가 차를 몰아야 한다고 생각했다는구나. 그걸 어젯밤에서야 말씀하셨어."

"어머니가 그러라고 시키셨겠죠." 크레브스가 말했다.

“아니야, 그 문제를 얘기해보자고 제안한 건 아버지였어.”

“맞네요. 어머니가 시키신 거네요.” 크레브스는 몸을 일으켜 앉았다.

“아침 먹으러 내려올래?”

“옷 입고 바로 갈게요.”

어머니가 방을 나갔다. 크레브스가 세수하고 면도하고 아침 식사를 하기 위해 옷을 갈아입는 동안 아래층에서 어머니가 뭔가 튀기는 소리가 들렸다. 크레브스가 아침을 먹을 때 여동생이 우편물을 가져왔다.

“어머, 해리. 이 늙은 잠꾸러기야. 뭐하러 벌써 일어났어?” 여동생이 말했다.

크레브스는 여동생을 바라보았다. 크레브스는 그녀를 좋아했다. 가장 가까운 여동생이었다.

“신문 왔니?” 크레브스가 물었다.

여동생이 <캔자스시티 스타>를 건네주자 크레브스는 갈색 포장지를 벗기고는 스포츠 면을 펼쳤다. 크레브스는 아침을 먹으면서 읽을 수 있도록 신문을 보기 좋게 접어 물 주전자에 기대 놓고 시리얼 접시로 그 밑을 고정했다.

“해럴드.” 어머니가 부엌 문간에 서서 말했다. “해럴드, 신문에 음식 묻히지 마라. 아버지 신문인데 지저분해지면 못 읽으시잖니.”

“조심해서 볼게요.” 크레브스가 말했다.

여동생은 식탁에 앉아 신문을 읽는 크레브스를 지켜보았다.

“오늘 오후에 학교에서 실내경기가 있어. 내가 투수야.” 여동생이 말했다.

“잘됐구나. 근데 예전 투수는 어떻게 됐어?”

“난 남자애들보다 더 잘 던질 수 있어. 오빠가 가르쳐줬다고 애들한테 다 말했어. 다른 여자애들은 실력이 별로거든.”

“그래?”

“난 애들한테 오빠가 내 애인이라고 말해. 내 애인 맞지, 해리?”

“그럼!”

“오빠가 친오빠라 애인이 되면 안 되는 거야?”

“잘 모르겠다.”

“알면서 뭘 그래. 내가 성인이고 오빠가 원하면 내 애인이 될 수 있는 거야?”

“물론이지. 넌 이제 내 여자란다.”

“내가 정말 오빠 여자야?”

“물론이지.”

“오빠는 날 사랑해?”

“어? 그럼!”

“언제나 날 사랑해줄 거지?”

“물론이지.”

“이따가 경기하는 거 보러 체육관에 올 거야?”

“어쩌면….”

“흥, 오빠 날 사랑하지 않는구나. 사랑한다면 내가 경기하는 거 보러 오고 싶을 텐데.”

어머니가 부엌을 나와 식당으로 들어왔다. 달걀부침 두 개와 바삭한 베이컨이 조금 담긴 접시 하나, 그리고 메밀 케이크가 든 접시를 들고 있었다.

“저쪽으로 비켜라, 헬렌. 오빠와 할 얘기가 좀 있단다.”

어머니는 해럴드 앞에 달걀과 베이컨이 올려진 접시를 내려놓고 메밀 케이크에 바를 메이플 시럽을 한 병 가져왔다. 그런 다음 맞은편에 앉았다.

“신문은 잠시 내려놓으면 좋겠구나, 해럴드.”

크레브스는 신문을 내려놓고 접었다.

“무슨 일을 할지 아직 결정하지 못했니, 해럴드?” 어머니가 안경을 벗으며 말했다.

“아직요.” 크레브스가 말했다.

“이제 결정할 때가 된 것 같지 않니?” 어머니는 나쁜 뜻으로 말한 것이 아니었다. 그녀는 걱정하는 것 같았다.

“생각해보지 않았어요.” 크레브스가 말했다.

“하느님은 누구에게나 각자 해야 할 일을 마련해놓으셨단다. 주님의 왕국에 쓸모없는 손이란 없어.”

"저는 주님의 나라에 속하지 않은걸요."

"우리는 모두 주님의 나라에 있는 거야."

크레브스는 언제나 그렇듯 곤혹스러웠고 화가 치밀어 올랐다.

"난 그동안 얼마나 네 걱정을 했는지 모른단다, 해럴드." 어머니가 말을 이어갔다. "네가 어떤 시험에 들었어야 했는지 알고 있어. 인간이 얼마나 나약한 존재인지도 알고 있고. 너희 외할아버지가 우리에게 남북전쟁 이야기를 들려준 일을 기억하고 있거든. 그래서 널 위해 매일 기도한단다. 온종일 널 위해 기도해, 해럴드."

크레브스는 접시 위에서 딱딱하게 굳어가고 있는 베이컨 기름을 응시했다.

"아버지도 걱정하고 계셔. 네가 야망도 잃고, 어떻게 살겠다는 뚜렷한 목표도 없다고 생각하신다. 너와 동갑내기 찰리 시먼스 알지? 그 애는 좋은 직장을 잡았어. 곧 결혼할 예정이라더라. 다른 남자애들도 모두 자리를 잡아가고 있어. 그 애들은 모두 뚜렷한 목표가 있지. 찰리 시먼스 같은 애들은 나중에 분명히 지역 사회에 도움이 되는 인물이 될 거야."

크레브스는 아무 말도 하지 않았다.

"그런 눈으로 보지 마라, 해럴드." 어머니가 말했다. "우리가 널 사랑한다는 걸 알잖니. 그래서 널 위해 상황이 어떤지 말해주려는 거야. 아버지는 네가 자유롭기를 바라서. 네가 자동차를 쓰도록 허락해야 한다고 생각하시지. 네가 멋진 여자애들을 차에 태우고 다니고 싶다면, 우리는 그야말로 두 손 들어 환영이란다. 우린 네가 즐겁게 지내기를 바라. 그렇지만 정착해서 직업은 가져야 하지 않겠니, 해럴드. 아버지는 네가 무슨 일을 시작하든 상관 안 하셔. 아버지 말처럼 직업엔 귀천이 없으니까. 하지만 뭔가 시작은 해야지. 아버지가 오늘 아침에 너하고 얘기 좀 해보고, 너더러 사무실에 들르라고 하시더라.”

“그게 다예요?” 크레브스가 말했다.

“그래, 아들, 넌 엄마를 사랑하지?”

“아뇨.” 크레브스가 말했다.

어머니는 식탁 건너편에서 크레브스를 바라보았다. 눈가가 반짝였고 울기 시작했다.

“난 아무도 사랑하지 않아요.” 크레브스가 말했다.

조금도 도움이 안 되는 말이었다. 크레브스는 어머니에게 자기 생각을 말할 수도 없고, 보여줄 수도 없었다. 그런 말을 하다니, 어리석었다. 어머니에게 상처만 줬을 뿐이다. 그는 어머니에게 다가가 팔을 잡았다. 어머니는 머리를 두 손으로 감싸 안고 울고 있었다.

“진심이 아니었어요. 그냥 화가 났어요. 엄마를 사랑하지 않는다는 뜻은 아니었어요.” 크레브스가 말했다.

어머니는 울음을 그치지 않았다. 크레브스는 어머니의 어깨에 팔을 얹었다.

"절 못 믿겠어요, 엄마?"

어머니가 고개를 저었다.

"제발, 제발, 엄마. 제발 날 믿어주세요!"

"그래, 알았다." 어머니가 목멘 소리로 대답하며 크레브스를 올려다보았다. "난 널 믿어, 해럴드."

크레브스는 어머니의 머리에 키스했다. 어머니는 고개를 들었다.

"난 네 엄마야. 네가 갓난아기였을 땐 내 가슴에 품고 있었어."

크레브스는 속이 메스껍고 어렴풋이 구역질이 났다.

"알아요, 엄마. 엄마를 위해 좋은 아들이 되려고 노력해볼게요."

"해럴드, 무릎 꿇고 나랑 기도하지 않으련?" 어머니가 부탁했다.

두 사람은 식탁 옆에 무릎을 꿇었고, 어머니가 먼저 기도했다.

"이제 네가 기도해라, 해럴드." 어머니가 말했다.

"못하겠어요." 크레브스가 말했다.

"해봐, 해럴드."

"못하겠어요."

"그럼 내가 대신 기도해줄까?"

"네."

그리하여 어머니는 크레브스를 위해 기도했고, 두 사람은 무릎을 펴고 일어났으며, 크레브스는 어머니에게 키스하고 집을 나섰다. 그는 삶을 복잡하게 만들지 않으려고 무척 노력해왔다. 아직은 어떤 것도 그의 마음을 변화시키지 못했다. 크레브스는 어머니가 안쓰러웠기에 거짓말을 했다. 캔자스시티에 가서 일자리를 구하면 어머니는 괜찮아질 것이다. 어쩌면 그가 떠나기 전에 또 한 번 사건이 터질지도 모른다. 크레브스는 아버지 사무실에 가지 않을 것이다. 그 일은 건너뛰고 싶었다. 그는 삶이 순조롭게 흘러가기를 바랐고 이제 막 그렇게 되기 시작했다. 어쨌든 이제 다 끝났다. 크레브스는 실내 야구 경기를 하는 헬렌을 보러 학교 운동장으로 향했다.

CHAPTER VIII

새벽 2시, 헝가리인 두 사람이 그랜드 애비뉴와 15번가가 만나는 모퉁이에 있는 시가(엽궐련) 가게로 들어갔다. 드레비츠와 보일은 포드 순찰차를 타고 15번가 파출소에서 출발했다. 헝가리인들이 골목에 세워두었던 짐마차를 빼려고 후진하고 있었다. 보일은 짐마차 좌석에 있던 사람에게 한 발, 짐칸에 있던 사람에게 한 발을 쏘았다. 둘 다 죽은 것을 확인했을 때 드레비츠는 덜컥 겁이 났다. "제기랄, 지미." 그가 말했다. "이건 아니지! 엄청난 문제가 생길 수 있다고."

"저놈들 도둑이잖아, 안 그래?" 보일이 말했다. "윕스잖아,* 그런데 뭐, 문제가 되겠어?"

"이번에는 괜찮을지도 모르지. 그런데 네가 짐마차를 박았을 때 윕스들이 타고 있다는 걸 어떻게 알았어?" 드레비츠가

---

* 이탈리아인을 지칭하는 인종 차별적 속어.

물었다.

“웹스 새끼들! 난 1킬로미터 떨어진 데서도 그 새끼들을 알아 볼 수 있어.” 보일이 말했다.

혁명당원

The Revolutionist

"이 동무는 부다페스트의 백군* 반동 분자들에게 몹시 고초를 겪었습니다. 동지 여러분께서 어떤 방법으로든 이 사람을 도와주기를 요청합니다." 1919년 그는 당 본부에서 지워지지 않는 연필로 적어서 발행한 네모난 방수포 조각을 소지하고, 기차를 타고 이탈리아를 돌아다니고 있었다. 그는 그 천 조각을 열차 승차권 대신 사용했다. 그는 아주 어렸고 꽤 수줍음을 탔다. 열차 승무원들은 한 조에서 다른 조로 그를 인계했고, 돈 한 푼 없는 그에게 철도원 식당 카운터 뒤에서 먹을 것을 주었다.

그는 이탈리아를 좋아했다. 아름다운 나라였고 사람들이 모두 친절했다고 했다. 여러 마을에 가보았고, 숱하게 걸었으며, 수많은 그림을 보았다고 했다. 그는 조토, 마사초, 피에로 델라 프란체스카의 모조 그림을 사서 <아반티!>** 신문지로 둘둘 말아

---

* 헝가리 반공산주의 세력.

들고 다녔다. 다만 <예수의 죽음>을 그린 만테냐의 그림은 좋아하지 않았다.

그는 볼로냐에서 임무 보고를 마쳤다. 나는 어떤 남자를 만나야 할 필요가 있는 로마냐로 그를 데리고 갔다. 우리는 함께 즐거운 여행을 했다. 때는 9월 초였고 시골은 쾌적했다. 마자르족*** 출신인 그는 수줍음이 많은 착한 청년이었다. 그는 호르티****의 부하들이 자신에게 어떤 나쁜 짓을 저질렀는지 이야기하려다 입을 다물었다. 조국인 헝가리에서 그런 일을 겪었는데도, 그는 온 세상이 혁명의 물결에 휩쓸릴 거라고 믿었다.

"그런데 이탈리아에서는 혁명운동이 어떻게 되어가고 있나요?" 그가 물었다.

"잘 안 되고 있어." 내가 말했다.

"잘될 거예요. 여기에는 모든 게 다 있잖아요. 모든 사람이 혁명이 일어날 거라고 확신하는 유일한 나라죠. 이탈리아는 모든 것의 시발점이 될 거예요."

나는 잠자코 있었다.

그는 볼로냐에서 우리에게 작별을 고했다. 그는 밀라노행 기차를 타고 아오스타에 닿으면 거기서 스위스로 넘어가는 산길을

걸어갈 것이었다. 나는 그에게 밀라노에 있는 만테냐의 작품들을 만나라고 말해줬다. 아니요, 그는 매우 수줍어하며 '만테냐를 좋아하지 않는다'고 말했다. 나는 그를 위해 밀라노에서 식사할 곳과 동지들의 주소를 적어주었다. 그는 매우 감사해했지만, 마음은 이미 스위스 산길을 걷고 있었다. 그는 날씨가 좋을 때 스위스 산길을 넘고 싶다고 했다. 내가 마지막으로 들은 소식은 스위스인들이 시옹 근처의 감옥에 그를 가두었다는 것이었다.

CHAPTER IX

맨 먼저 나온 투우사가 칼을 든 손을 소뿔에 들이 받히자 관중은 야유를 퍼부어 그를 경기장 밖으로 쫓아냈다. 두 번째로 나온 투우사가 미끄러지며 몸의 중심을 잃자 황소는 그의 복부를 들이받았다. 그는 한 손으로 황소의 뿔을 잡고 매달리는 한편, 다른 손으로 뿔이 박혀 있는 상처 부위를 단단히 움켜쥐었다. 황소는 그를 벽으로 밀고 가 쾅 소리가 나게 처박았다. 그러자 뿔이 빠져나왔고 투우사는 모래 위에 큰대자로 쓰러졌다. 그는 마치 술독에 빠졌다가 나온 사람처럼 휘청거리며 일어나더니, 그를 들어옮기려는 사람들에게 주먹질을 하며 칼을 달라고 소리치다가 정신을 잃고 말았다. 마지막으로 경력이 짧은 어린 투우사가 나왔다. 그는 황소 다섯 마리를 모조리 죽여야 했다. 투우사는 세 명 이상 나올 수 없다는 규정 때문이었다. 어린 투우사는 있는 힘을 다했지만, 마지막 황소에게 칼을 꽂을 수 없었다. 기진맥진한 나머지 팔을 들 수조차 없었다. 그는 다섯 번을 시도했고 관중은 숨을 죽이고 지켜보았다. 황소는 만만치 않은 상대였다. 누가 이길 지 가늠할 수 없어 손에 땀을 쥐었다. 마침내 어린 투우사가 칼을 꽂았다. 그리고 나서 모래 위에 털썩 주저앉아 토했다. 관중이 소 리를 지르며 투우장 안으로 물건을 던지는 동안 동료들이 망토 를 펼쳐 들어 그를 가려주었다.

엘리엇 씨 부부

Mr. And Mrs. Elliot

엘리엇 부부는 아기를 가지려고 부단히 노력했다. 엘리엇 부인이 견딜 수 있는 한 임신을 자주 시도했다. 두 사람은 결혼 후 보스턴에 사는 동안에도, 또 배를 타고 유럽으로 건너오는 동안에도 임신을 시도했다. 하지만 배에서는 엘리엇 부인이 매우 아팠기 때문에 자주 시도하지 못했다. 엘리엇 부인은 아팠다. 한 번 병이 나면 전형적인 남부 여성들처럼 유난스럽게 아팠다. 그녀는 미국 남부 출신 여성이다. 모든 남부 여성처럼 엘리엇 부인도 뱃멀미, 야간 여행, 너무 이른 기상 시간으로 급격히 쇠약해졌다. 배에 타고 있던 사람들 대부분은 그녀를 남편 엘리엇의 어머니로 오해했다. 두 사람이 부부라는 사실을 아는 사람들은 그녀가 임신 중이라고 믿었다. 그녀의 실제 나이는 마흔이었으나 여행을 시작하면서 갑자기 노쇠해졌다.

엘리엇이 그녀의 간이식당에서 오랫동안 알고 지내던 그녀와 어느 날 저녁 키스를 한 후 몇 주 동안 사랑을 나누다가 결혼했을 때만 해도 그녀는 훨씬 젊어 보였고, 사실 전혀 나이 들어 보이지 않았다.

결혼했을 당시 허버트 엘리엇은 하버드 대학에서 법학 대학원 과정을 밟고 있었다. 엘리엇은 일 년에 거의 1만 달러의 수입을 올리는 시인이었다. 엘리엇은 매우 긴 시를 무척 빠르게 썼다. 스물다섯 살이었던 그는 엘리엇 부인과 결혼하기 전까지 한 번도 여자와 잠자리에 든 적이 없었다. 그가 아내에게 기대하는 바와 똑같이 자기도 몸과 마음의 순수함을 아내에게 바치려고 순결을 지키고 싶어 했다. 그것이 올바르게 사는 일이라고 스스로 여겼다. 그는 엘리엇 부인과 키스하기 전에도 여러 여자와 사랑에 빠진 적이 있고, 그럴 때마다 자신은 순결을 지키며 살아왔다고 말했다. 거의 모든 여자가 엘리엇에게 관심을 잃었다. 엘리엇은 여자들이 뻔히 알면서도 자신을 수렁에 빠뜨릴 쓰레기 같은 남자들과 약혼하고 결혼하는 걸 보고 충격을 받았다. 도무지 이해되질 않았다. 한번은 대학 시절 불량배였다는 증거가 거의 확실한 남자와 결혼하려는 어떤 여자에게 조심하라고 알려주려다가 매우 불쾌한 사건에 휘말린 적도 있었다.

엘리엇 부인의 이름은 코넬리아였다. 코넬리아는 남부에 있는 가족들이 붙여준 별명, 그러니까 칼루티나라고 부르라고 엘리엇에게 말했다. 결혼하고 나서 엘리엇이 코넬리아를 집으로 데려왔을 때 어머니는 눈물을 흘렸다. 하지만 두 사람이 외국에서 살 거라는 말을 듣자 매우 명랑해졌다.

엘리엇이 코넬리아를 위해 어떻게 자신의 순결을 지켰는지 이야기하자, 그녀는 "사랑스러운 나의 애인!" 하면서 어느 때보다 더 강렬하게 그를 끌어안았다. 코넬리아 역시 순결했다. "다시 '그렇게' 키스해줘요." 그녀가 말했다.

허버트 엘리엇은 언젠가 친구가 해준 이야기를 듣고 '그렇게' 키스하는 법을 알게 되었다고 코넬리아에게 설명했다. 그는 코넬리아가 '그렇게' 키스하는 걸 좋아하자 흡족했고, 둘은 최선을 다해 여러 가지 방식으로 그것을 발전시켰다. 가끔 둘이 오랫동안 키스할 때면, 코넬리아는 허버트에게 자기를 위해 철저히 순결을 지켰다는 말을 다시 한번 해달라고 부탁하곤 했다. 그 말은 언제나 코넬리아를 흥분시켰다.

처음에 허버트는 코넬리아와 결혼할 생각이 전혀 없었다. 코넬리아를 결혼 상대로 생각해본 적도 없었다. 그녀는 단지 좋은 친구였다. 그러던 어느 날 코넬리아의 여자 친구가 식당 홀을 지키고 있는 동안, 두 사람은 작은 뒷방에서 축음기에 맞춰 춤을 추었다. 코넬리아는 허버트의 눈을 바라보았고, 그는 그녀에게 키스했다. 허버트는 둘이 언제 결혼하기로 했는지 도무지 기억이 나지 않았다. 그러나 그들은 결혼했다.

그들은 보스턴에 있는 한 호텔에서 첫날밤을 치렀다. 둘 다 실망했지만 코넬리아는 잠이 들었다. 반면 허버트는 잠을 이루지 못하고 신혼여행용으로 새로 산 고급 예거 목욕 가운을 입고 몇 번이나 밖으로 나가 호텔 복도를 서성거렸다. 그러다가 호텔 객실 문밖에 작은 신발과 큰 신발이 함께 놓여 있는 것을 보자 심장이 두근거렸고, 서둘러 방으로 돌아왔다. 코넬리아는 잠이 들어 있었다. 허버트는 그녀를 깨우고 싶지 않았다. 그는 이내 마음을 가라앉히고 조용히 잠을 잤다.

다음 날 그들은 허버트의 어머니에게 인사하러 갔고, 그다음 날 배를 타고 유럽으로 떠났다. 두 사람은 아기를 갖기 위해 노력했다. 세상 그 무엇보다 아기가 갖고 싶었지만, 코넬리아의 건강 문제로 자주 시도할 수 없었다. 그들은 쉘부르 항구에서 내려 파리로 갔다. 파리에서도 아기를 갖기 위해 노력했다. 그러다가 그들은 같은 배를 타고 대서양을 건너온 많은 사람이 이미 가 있는 곳이자 여름 학교가 있는 디종에 가보기로 했다. 디종에서는 딱히 할 일이 없었다. 허버트는 시를 다작했고, 코넬리아는 그가 쓴 시를 타이핑해주었다. 시들은 하나같이 매우 길었다. 허버트는 실수에 매우 엄격했다. 오타가 한 자라도 나오면 페이지 전체를 다시 치라고 했다. 코넬리아는 자주 울었다. 그러면서도 둘은 디종을 떠날 때까지 여러 번 아기를 가지려고 시도했다.

엘리엇 부부는 파리로 돌아왔다. 배에서 만난 친구들도 대부분 함께 돌아왔다. 친구들은 디종에 싫증이 났지만, 어쨌거나 하버드나 컬럼비아, 워바슈 대학을 떠나 코트도르에 소재한 디종

대학에서 공부했다고 말할 수 있었다. 그중 다수는 랑그도크, 몽펠리에 또는 페르피냥에도 대학이 있다면 그곳으로 가기를 선호했겠지만, 모두 너무 멀었다. 디종은 파리에서 불과 4시간 30분 거리에 있고, 기차 안에는 식당도 있었다.

엘리엇 부부와 친구들은 언제나 외국인들로 북적이는 로통드 카페를 피해 길 건너편 카페 '뒤 돔'에 모여 며칠을 보냈다. 그러다가 엘리엇 부부는 <뉴욕 해럴드>에 실린 광고를 통해 투렌에 있는 오래된 저택 하나를 발견하고 그곳을 빌렸다.

시간이 흘러 엘리엇은 이제 그의 시에 매료된 친구가 많아졌다. 엘리엇 부인은 남편에게 보스턴 간이식당에서 일했던 자신의 여자 친구를 불러오도록 전보를 치라고 졸랐다. 여자 친구가 파리로 오자 엘리엇 부인은 한결 밝아졌다. 둘이서 울기도 여러 번 울었다. 코넬리아는 자기보다 몇 살 더 많은 그녀를 '자기'라고 불렀다. 그녀 역시 대대로 남부에서 살아온 집안 출신이었다.

세 사람은 엘리엇을 허비라는 애칭으로 부르는 친구 몇 명과 함께 투렌에 있는 저택으로 내려갔다. 투렌은 캔자스주처럼 아주 밋밋하고 무더운 시골이었다. 엘리엇은 이제 시집을 낼 수 있을 만큼 시를 많이 썼다. 엘리엇은 보스턴에서 시집을 출간할 예정이었다. 이미 출판사에 대금을 치렀고 계약도 마친 상태였다.

얼마 지나지 않아 친구들이 파리로 돌아가기 시작했다. 투렌에서의 생활은 처음 시작했을 때와는 전혀 다른 모습이 되었다.

얼마 지나지 않아 친구들은 모두 부유하고 미혼인 젊은 시인과 함께 트루빌 근처의 해변 휴양지로 떠났다. 그곳에서 친구들은 매우 행복해했다.

엘리엇은 여름 동안 투렌의 저택을 빌렸기 때문에 계속 그곳에 머물렀다. 그와 엘리엇 부인은 큼직하고 무더운 침실에 놓인 딱딱한 침대에서 아기를 갖기 위해 아주 열심히 노력했다. 엘리엇 부인은 타자기의 자판을 안 보고도 타자를 칠 수 있도록 연습했지만, 속도가 빨라질수록 오타가 더 많아졌다. 그래서 이제는 보스턴에서 온 여자 친구가 사실상 모든 원고를 타이핑했다. 그녀는 타이핑 일을 매우 깔끔하고 효율적으로 해냈고, 그 일을 즐기는 듯 보였다.

엘리엇은 백포도주를 즐겨 마셨고 자기 방에서 홀로 지냈다. 그는 밤새 많은 분량의 시를 썼고, 아침에는 몹시 피곤해 보였다. 엘리엇 부인과 그녀의 여자 친구는 이제 커다란 중세풍 침대에서 같이 잤다. 그들은 같이 실컷 울었다. 저녁이 되면 정원에 나가 플라타너스 나무 아래서 함께 저녁 식사를 했다. 뜨거운 저녁 바람이 불었고, 엘리엇은 백포도주를 마셨으며, 엘리엇 부인과 여자 친구는 대화를 나누었다. 그들은 모두 매우 행복했다.

CHAPTER X

다리를 채찍으로 찰싹찰싹 때리자 몹시 지친 백마는 꿇고 있는 무릎에 안간힘을 주며 일어났다. 피카도르*는 삐뚤어진 말등자를 틀어 똑바로 바로잡은 다음 끌어당기듯 손으로 잡아 안장에 올라탔다. 말이 느린 구보를 시작하자 살 밖으로 삐져나온 말의 내장이 앞뒤로 흔들렸고, 조수들은 채찍으로 말의 다리 뒤쪽을 때렸다. 말은 경련을 일으키며 바레라**를 따라 느릿느릿 걸어갔다. 백마가 뻣뻣하게 멈춰 서자 조수 한 명이 굴레를 잡아끌며 앞으로 갔다. 피카도르는 백마에게 박차를 가하고, 몸을 앞으로 숙이더니 황소를 향해 창을 흔들었다. 백마의 앞다리 사이로 피가 규칙적으로 뿜어져 나왔다. 말은 신경질적으로 몸을 떨었다. 황소는 돌진하기를 망설였다.

---

* 말을 탄 채 창(pica)을 사용해 소의 힘을 시험하고 소에게 최후의 일격을 가하는 마타도르 투우사에게 소의 움직임에 대한 정보를 제공하는 투우사.

** 투우장의 붉은색 나무 울타리 벽. 투우사나 보조원들이 위급한 상황에서 소를 피할 수 있는 안전한 공간을 제공.

빗속의 고양이

Cat In The Rain

호텔에 미국인 투숙객은 그들 둘뿐이었다. 방을 드나들며 계단에서 마주친 이들 중에 아는 사람은 하나도 없었다. 바다가 보이는 2층 방에서는 공원과 전쟁 기념비가 내려다보였다. 공원에는 커다란 야자수와 녹색 벤치가 있었다. 날씨가 좋을 때는 언제나 이젤을 든 화가들이 있었다. 화가들은 야자수가 무성하게 자란 모습, 공원과 바다를 마주한 호텔의 밝은 색채를 좋아했다. 이탈리아 사람들은 전쟁 기념비를 보기 위해 먼 곳에서 찾아왔다. 청동으로 만들어진 기념비는 빗속에서 반짝였다. 비가 내리고 있었다. 야자수에서 빗방울이 방울방울 떨어져 내렸다. 자갈길 곳곳에 빗물이 물웅덩이를 이루며 고여 있었다. 파도는 빗속에서 긴 줄을 그리며 부서졌다가 해변으로 올라오기 위해 모래사장을 미끄러져 내려갔고, 다시 빗속에서 긴 줄을 그리며 하얗게 부서졌다. 전쟁 기념비 옆 광장에 서 있던 차들은 모두 사라지고 없었다. 광장 건너편, 카페 출입구에서는 웨이터가 텅 빈 광장을 바라

110

보며 서 있었다.

미국인 부인은 창가에 서서 밖을 내다보고 있었다. 창문 바로 밑에는 고양이 한 마리가 빗물이 떨어지는 초록색 탁자 아래에 웅크리고 앉아 있었다. 고양이는 빗물에 젖지 않도록 최대한 몸을 움츠리려고 애쓰고 있었다.

"내려가서 고양이를 데려와야겠어." 미국인 부인이 말했다.

"내가 할게." 그녀의 남편이 침대에서 말했다.

"놔둬, 내가 할게. 딱한 고양이가 탁자 밑에서 비를 피하려고 애를 쓰고 있네."

남편은 침대 발치에 베개 두 개를 받치고 누워 책을 계속 읽으며 말했다.

"비 맞지 않도록 해."

부인이 아래층으로 내려가 사무실 앞을 지나갈 때, 호텔 주인은 일어나서 그녀에게 인사했다. 그의 책상은 사무실 맨 끝에 있었다. 키가 매우 큰 노인이었다.

"일 피오베.(비가 오네요.)" 부인이 말했다. 그녀는 호텔 주인이 마음에 들었다.

"시, 시, 시뇨라, 브루토 템포.(네, 네, 부인, 날씨가 아주 안 좋아요.)"

그는 침침한 방 맨 끝에 있는 책상 뒤에 서 있었다. 부인은 그가 좋았다. 그가 어떤 불만 사항도 진지하게 받아들이는 모습이 좋았다. 품위 있는 모습과 자기를 대하는 태도도 마음에 들었다. 호텔 지배인으로서 갖는 자부심도 마음에 들었고, 늙고 중후한 얼굴과 커다란 손도 마음에 들었다.

그에게 호감을 느끼며 그녀는 호텔 문을 열고 밖을 내다보았다. 비는 더 세차게 내리고 있었다. 비옷을 입은 남자가 텅 빈 광장을 가로질러 카페로 가고 있었다. 고양이는 오른편에 있을 터였다. 처마 밑을 따라가면 비를 맞지 않고 갈 수 있을 것 같았다. 그녀가 출입구에 서 있을 때 뒤에서 우산이 펼쳐졌다. 방을 청소해주는 가정부였다.

"비 맞으면 안 돼요." 가정부가 미소를 지으며 이탈리아어로 말했다. 호텔 주인이 보냈음이 분명했다.

가정부가 들고 있는 우산을 쓰고, 미국인 부인은 자갈길을 따라 그들이 묵고 있는 방 창문 아래까지 걸어갔다. 탁자는 비에 씻겨 연두색으로 변해 있었지만, 고양이는 사라지고 없었다. 그녀는 순간 실망했다. 가정부가 그녀를 올려다보았다.

"하 페르두토 퀄케 코사, 시뇨라?(혹시 뭘 잃어버렸나요, 부인?)"

"고양이가 있었어요." 미국 여자가 말했다.

"고양이요?"

"시, 일 가토.(맞아요, 고양이 말이에요.)"

"고양이라고요? 고양이가 비를 맞고 있었다고요?" 가정부가 웃었다.

"그래요. 탁자 아래에 있었어요. 나는 그 고양이가 정말 갖고 싶었어요. 새끼 고양이를 키우고 싶었거든요."

그녀가 영어로 말하자 가정부의 얼굴이 굳어졌다.

"자, 어서요, 시뇨라. 안으로 들어가세요. 다 젖을 거예요." 가정부가 말했다.

"그렇겠네요." 미국 여자가 말했다.

두 사람은 지나왔던 자갈길을 되돌아가 호텔 문을 열고 안으로 들어갔다. 가정부는 우산을 접느라 밖에 있었다. 미국 여자가 사무실을 지나가자 호텔 주인은 책상에 앉은 채 고개를 숙여 인사했다. 그녀는 가슴속에 무언가 아주 작고 단단한 느낌이 들었다. 호텔 주인 때문에 자신이 부끄러워지는 듯하면서도 아주 중요한 사람처럼 느껴졌다. 순간적이긴 했지만, 자신이 지극히 중요한 존재라는 느낌이 들었다. 그녀는 2층으로 올라가 방문을 열었다. 조지는 침대에 누워 책을 읽고 있었다.

"고양이는?" 조지가 책을 내려놓으며 물었다.

"사라졌어."

"어디로 갔지?" 책에서 눈을 떼며 조지가 말했다.

그녀는 침대에 걸터앉았다.

"정말 갖고 싶었어. 왜 그렇게 간절히 원했는지 모르겠어. 그 불쌍한 고양이를 갖고 싶었어. 비를 맞고 있는 고양이라니…. 너무 불쌍하잖아." 그녀가 말했다.

조지는 다시 책을 읽고 있었다.

그녀는 화장대 거울 앞으로 가서 손거울을 들고 자신을 바라보았다. 고개를 돌려가며 옆얼굴 이쪽저쪽을 살폈다. 그런 다음 머리 뒤쪽과 목을 거울에 비췄다.

“머리를 길러보면 어떨까?” 그녀는 옆모습을 다시 보며 물었다.

조지는 고개를 들어 사내아이처럼 짧게 잘라 목덜미가 드러난 그녀의 뒷머리를 보았다.

“지금 그대로가 좋아.”

“너무 지겨워.” 그녀가 말했다. “사내아이처럼 보이는 게 너무 지겨워.”

조지는 침대에서 자세를 바꿨다. 그녀가 말을 시작한 이후로 조지는 그녀에게서 눈을 떼지 않고 있었다.

“당신 정말 멋져.” 그가 말했다.

“단정하게 머리를 빗어 뒤로 당겨 질끈 묶어서 뒤통수에서 만져지는 커다란 매듭을 만들고 싶어. 무릎에 올려놓고 쓰다듬어 주면 까르륵거리는 새끼 고양이도 하나 키우고 싶고.”

“그래?” 조지가 침대에서 말했다.

“그리고 은으로 된 식기가 놓인 식탁에서 촛불을 켜놓고 식사하고 싶어. 그리고 봄이면 좋겠어. 거울 앞에 앉아 머리를 빗고 싶고, 고양이도 키우고 싶고, 새 옷도 사 입고 싶어.”

"괜히 쓸데없는 소리 말고 뭐라도 읽어봐." 조지가 말했다. 그는 다시 책을 읽기 시작했다.

아내는 창밖을 내다봤다. 이제 바깥은 꽤 어두워져 있었고, 야자수에는 여전히 비가 내리고 있었다.

"어쨌든, 고양이는 갖고 싶어." 그녀가 말했다. "지금 당장 갖고 싶다고. 머리도 길게 못 기르고, 재미있는 일도 없는데 고양이라도 있으면 좋겠어."

조지는 듣지 않았다. 그는 계속 책을 읽고 있었다. 아내는 창밖으로 불이 켜진 광장을 내다보았다.

누군가 방문을 노크했다. "아반티.(들어오세요.)" 조지가 말했다. 그는 책에서 눈을 떼고 방문을 바라보았다.

문 앞에 가정부가 서 있었다. 그녀는 털이 거북이 등껍질 같은 커다란 삼색 고양이를 품에 꼭 안고 있었다. 고양이는 그녀의 몸에 붙은 채 아래로 늘어져 있었다.

"실례합니다." 그녀가 말했다. "호텔 주인이 시뇨라에게 이걸 갖다주라고 하셨어요."

CHAPTER XI

관중은 경기 내내 소리를 질렀다. 빵 조각을 투우장 안으로 던지더니, 휘파람을 불고 고함을 지르며 방석과 가죽으로 된 술 포대를 던졌다. 투우사의 칼에 너무 많이 찔려 지친 황소는 마침내 무릎을 꿇더니 쓰러졌다. 콰드리야* 한 명이 몸을 기울여 황소의 목을 겨냥하더니 푼틸요**로 급소를 찔렀다. 관중은 투우장 나무 울타리를 타고 넘어와 투우사를 둘러쌌다. 두 남자가 투우사를 붙잡아 부둥켜안자 누군가가 그의 땋은 머리를 잘라 흔들었다. 한 아이가 그것을 잡아채 도망갔다. 나중에 나는 카페에 들렀다가 그 투우사를 보았다. 키가 아주 작고 얼굴은 갈색이었다. 그는 술에 취해 주절거렸다. "어차피… 이런 일은 전에도 있었어. 난 좋은 투우사가 아니야."

---

* 투우장에 함께 출전하는 투우사들의 그룹. 말 그대로 동행인(entourage)을 뜻한다.
** 최후의 치명적인 상처를 입히기 위해 사용하는 짧은 단검.

금어기

OUT OF SEASON

호텔 정원을 삽으로 고르는 일을 하고 4리라를 받은 페두찌는 얼큰하게 취하도록 술을 마셨다. 페두찌는 길을 따라 내려오는 젊은 신사와 마주치자 은밀하게 말을 걸었다. 젊은 신사는 아직 식사를 못 했지만, 점심 식사가 끝나는 대로 곧바로 갈 채비를 끝내겠다고 말했다. 40분, 아니 길어봐야 한 시간 정도면 된다고 했다.

다리 근처의 술집에서는 페두찌가 오후에 삯일을 할 예정이라고 매우 자신감 넘치는 목소리로 은근하게 말했고, 그 말을 믿은 술집 주인은 그라파* 세 잔을 그에게 외상으로 주었다. 구름 뒤에서 나온 해가 부슬부슬 내리는 빗줄기에 다시 몸을 감추는, 바람 부는 날이었다. 송어 낚시에 딱 좋은 날씨였다.

젊은 신사는 호텔에서 나와 페두찌에게 낚싯대에 관해 물었

---

* 포도 찌꺼기로 만든 이탈리아 특산 브랜디의 일종.

다. 아내가 낚싯대를 들고 뒤떨어져 따라가야 할 것 같은 생각이 들어서였다. "네, 뒤따라오라고 하세요." 페두찌가 대답했다. 젊은 신사는 다시 호텔로 들어가 아내에게 그렇게 전했다. 젊은 신사와 페두찌, 둘이서 먼저 길을 나섰다. 젊은 신사는 어깨에 뮈제트*를 메고 있었다. 페두찌는 젊은 신사만큼이나 젊어 보이는 부인이 등산화를 신고 파란 베레모를 쓴 모습으로 조립되지 않은 낚싯대를 양손에 하나씩 들고 뒤따라오기 시작하는 것을 보았다. 페두찌는 그녀가 멀리서 뒤처져 오는 것이 마음에 걸렸다. "시뇨리나.(아가씨.)" 페두찌가 젊은 신사에게 윙크하며 소리쳤다. "이리 와서 우리랑 같이 가요. 시뇨리나, 이쪽으로 오세요. 우리 셋이 다 같이 가게요!" 페두찌는 셋이서 나란히 코르티나 거리를 걷길 바랐다.

부인은 뒤처진 채 다소 시무룩한 표정으로 따라오고 있었다. "시뇨리나." 페두찌가 다정하게 불렀다. "이리 와서 같이 가요." 젊은 신사가 뒤를 돌아다보며 뭐라고 소리를 질렀다. 그러자 부인은 걸음을 재촉하며 다가왔다.

페두찌는 마을 중심가를 걸어가며 마주치는 사람마다 정중하게 인사를 건넸다. "부온 디, 아르투로!(안녕하세요, 아르투로 씨!)" 페두찌는 모자를 살짝 들어 올렸다. 인사를 받은 은행 직원

---

* 작은 가방.

은 파시스트 카페 문 앞에서 페두찌를 뚫어지게 쳐다보았다. 상가 앞 삼삼오오 무리 지어 서 있던 사람들도 페두찌 일행을 빤히 쳐다봤다. 작업복 차림으로 새 호텔의 기초 공사를 하느라 돌가루를 뒤집어쓴 인부들도 페두찌 일행이 지나가자 고개를 들고 쳐다보았다. 침이 엉겨붙어 두툼해진 수염에 야위고 늙은 거지 한 명이 지나가면서 모자를 들어 보인 것 말고는 아무도 말을 걸거나 아는 체하는 사람은 없었다.

페두찌는 창가에 술병이 가득 진열된 상점 앞에 멈춰 서더니 낡은 군복 안주머니에서 빈 그라파 병을 꺼냈다. "마실 것 좀요, 부인에게 마르살라* 약간 어때요? 목을 축일 만한 거로 아무거나요." 그는 술병으로 마시는 시늉을 했다. 아주 신나는 날이다. "시뇨리나, 마르살라 좋아하죠? 마르살라 조금 어때요?"

아내는 뚱하게 서 있었다. "당신이 잘 알아서 해야 할 거예요." 그녀가 말했다. "난 저 사람이 하는 말을 하나도 못 알아듣겠어요. 저이, 술 취한 거 맞죠?"

젊은 신사는 페두찌의 말을 못 들은 척했다. 도대체 왜 마르살라 같은 소리를 하는 거지? 마르살라는 맥스 비어봄**이 즐겨 마시는 술인데 말이야.

---

* 이탈리아 시칠리아섬 북쪽 마르살라에서 생산되는 백포도주.
** 맥스 비어봄 경(Sir Max Beerbohm, 1872~1956). 영국의 수필가이자 캐리커처 작가.

"겔트."* 페두찌는 마침내 젊은 신사의 소매를 붙들며 말했다. "돈, 이탈리아 돈 리라 말이에요." 돈을 요구하는 일이 내키지는 않았지만, 페두찌는 젊은 신사에게 떼를 쓰며 웃었다.

젊은 신사는 지갑을 꺼내 10리라짜리 지폐 한 장을 페두찌에게 건넸다. 페두찌는 계단을 올라가 '국내 및 해외 와인 특산품'이라는 간판이 붙어 있는 상점 앞으로 갔다. 문이 잠겨 있었다.

"거긴 2시에나 열어요." 지나가던 행인이 경멸하듯 말했다. 페두찌는 계단을 내려왔다. 풀이 죽어 있었다. 페두찌는 괜찮다고, 콩코르디아 상점에서 살 수 있다고 말했다.

그들은 콩코르디아를 향해 나란히 걸었다. 녹슨 2인용 썰매가 쌓여 있는 콩코르디아 현관 테라스에 도착하자 젊은 신사가 "Was wollen sie?(뭘 원해요?)" 하고 페두찌에게 독일어로 물었다. 페두찌는 꼬깃꼬깃하게 접은 10리라짜리 지폐를 신사에게 건넸다. "아무거나!" 했다가 "뭐든지요" 하고 대답했다. 페두찌는 어쩔 줄 몰라 했다. "마르살라, 아니면… 잘 모르겠어요. 그냥 마르살라로 할까요?"

젊은 신사와 아내는 콩코르디아의 문을 열고 안으로 들어갔다. "마르살라 석 잔이요." 페이스트리를 파는 계산대 앞에 서 있는 여자에게 젊은 신사가 말했다. "두 잔이 아니고요?" 여자가 물

---

* 독일어로 돈이라는 뜻.

었다. "아니요. 노인네 마실 것도 한 잔이요." 신사가 대답했다. "아, 노인네!" 여자는 그의 말을 따라 하고 웃더니 술병을 내려놓고는 진흙 색깔이 나는 탁한 술을 세 개의 컵에 따랐다. 막대에 신문들을 걸어놓은 곳 아래 탁자로 가서 아내는 앉았다. 젊은 신사가 마르살라 한 잔을 아내 앞에 놓으며 말했다. "이걸 마시는 게 좋을 거야. 마시면 기분이 나아질 거야." 아내는 앉아서 잔을 바라보았다. 젊은 신사는 페두찌에게 가져다주려고 잔을 들고 밖으로 나갔지만 페두찌를 찾을 수 없었다.

"어디 있는지 모르겠어." 젊은 신사가 잔을 든 채 안으로 들어오면서 말했다.

"그 사람은 일 쿼트(약 1리터)를 원했어요." 아내가 말했다.

"일 쿼터(4분의 1) 리터는 얼마죠?" 젊은 신사가 여자에게 물었다.

"비앙카(백포도주)요? 1리라입니다."

"아니, 마르살라요. 이 두 잔도 같이 넣어주세요." 젊은 신사는 자기 잔과 페두찌 몫으로 따라놓은 잔을 여자에게 건네주며 말했다. 여자는 깔때기로 4분의 1리터짜리 포도주 계량 용기를 가득 채웠다. "담아갈 병도 하나 주세요."

여자는 병을 찾으러 갔다. 여자는 모든 상황이 흥미로웠다.

"기분 상하게 해서 미안해, 타이니. 점심때 내가 그런 식으로 말해서 미안해. 우리는 같은 일을 다른 각도에서 받아들이고 있았던 거야." 젊은 신사가 말했다.

"그런다고 달라지는 건 없어요. 아무것도 달라지지 않아요."

"춥지, 당신? 스웨터를 하나 더 입을 걸 그랬어."

"스웨터는 세 개나 입었어요."

여자가 홀쭉한 갈색 병 하나를 들고 돌아와 마르살라를 부었다. 젊은 신사는 5리라를 더 냈다. 두 사람이 문밖으로 나가자 여자는 그들의 뒷모습을 흥미롭게 바라보았다. 페두찌는 바람을 피해 건너편에서 낚싯대를 들고 왔다 갔다 했다.

"얼른 갑시다." 페두찌가 말했다. "내가 낚싯대를 들고 갈게요. 누가 본다고 한들 뭐가 달라지겠어요? 아무도 우리를 괴롭히지 않을 거요. 코르티나에선 아무도 날 괴롭히지 못해요. 난 시청 사람들을 잘 알거든. 난 군 출신이요. 이 마을 사람들은 모두 날 좋아한다오. 난 개구리를 팔아요. 낚시가 불법이면 어쩌냐고요? 아무 문제 없어요. 전혀요. 걱정일랑 잡아매요. 큰 송어, 내가 말했죠? 아주 많다고요."

일행은 강을 향해 언덕을 내려갔다. 이제 마을은 저만치 뒤에 있었다. 해가 구름 뒤로 자취를 감추더니 가랑비가 가늘게 내렸다. "저 애가 내 딸(daughter)이요." 페두찌가 지나가던 집 문간에 서 있는 여자를 가리키며 말했다.

"의사(doctor)라고요? 자기 의사를 우리에게 보여줘야 하나요?" 아내가 물었다.

"의사가 아니라 딸이라고 그랬어." 젊은 신사가 설명했다.

딸이라는 여자는 페두찌가 손가락으로 가리키자 집 안으로 들어갔다.

페두찌 일행은 언덕을 내려가 들판을 가로질렀고, 그러다가 방향을 틀어 강둑을 따라 걸어갔다. 페두찌는 눈을 찡긋거리고 아는 체하며 수다를 떨었다. 셋이 나란히 걷는 동안 신사의 아내 에게는 바람 소리를 타고 페두찌의 숨소리만 가끔 들릴 뿐, 말소 리는 잘 들리지 않았다. 한 번은 페두찌가 팔꿈치로 그녀의 옆구 리를 가볍게 쿡 찌르기도 했다. 그는 때로는 담페초 지방의 이탈 리아 사투리로 말하다가 때로는 티롤 지방 독일 사투리로 말했 다. 젊은 신사 부부가 어느 쪽 말을 더 잘 알아듣는지 알 수 없었 기 때문에 두 언어를 섞어 말했다. 하지만 젊은 신사가 Ja, Ja(예, 예) 하고 독일어로 말하자, 페두찌는 티롤 사투리로만 말했다. 젊은 신사와 그의 아내는 페두찌의 말을 한마디도 알아듣지 못 했다.

"온 마을 사람이 우리가 낚싯대를 들고 가는 걸 봤어. 지금쯤 불법 낚시 단속반이 우리 뒤를 쫓고 있을 거야. 이 망할 놈의 일 에 엮이지 말았어야 했어. 저 빌어먹을 늙은 멍청이는 너무 취했 고 말이야."

"그런데 당신은 그냥 돌아갈 배짱도 없고요. 그러니 계속 갈 수밖에요."

"당신은 그만 돌아가는 게 어때? 어서 돌아가, 타이니."

"당신하고 함께 있을래요. 당신이 붙잡혀간다면 우리 둘 다 붙잡히는 편이 나아요."

일행은 곧바로 방향을 틀어 강둑 아래로 내려갔다. 페두찌가 바람에 외투를 펄럭이며 선 채로 강을 가리켰다.

강은 갈색이고 탁했다. 오른쪽 먼 곳에 쓰레기 더미가 있었다.

"이탈리아어로 말하세요." 젊은 신사가 말했다.

"Un' mezz' ora. Piu d' un' mezz' ora."

"적어도 30분은 더 가야 한다는군. 돌아가, 타이니. 어쨌든 이렇게 바람이 불면 당신은 추워서 안 돼. 오늘은 날씨가 엉망이라 아무 재미도 없을 거야."

"알았어요." 아내는 풀이 무성한 강둑 위로 올라갔다.

강기슭으로 내려가 있던 페두찌는 신사의 아내가 강둑 너머로 거의 시야에서 사라질 때까지 전혀 알아채지 못했다. "프라우(부인)!, 부인! 프라우린(아가씨)! 가지 말아요!" 페두찌가 소리쳤다.

부인의 모습이 강둑 너머로 사라졌다.

"가버렸네?" 페두찌가 말했다. 그는 충격을 받았다.

페두찌는 분리한 낚싯대 마디들을 하나로 묶은 고무줄을 벗겨내고 낚싯대 하나를 조립하기 시작했다.

"아까 30분 더 가야 한다고 했잖아요."

"그랬죠. 30분 더 내려가도 괜찮고, 여기도 괜찮아요."

"정말이요?"

"그럼요. 여기도 좋고 거기도 좋고, 다 좋아요."

젊은 신사는 둑에 앉아 낚싯대를 조립하고 릴을 장착한 다음 낚싯줄을 맨 끝 고리에 걸어 연결했다. 그러면서도 마을에서 불법 낚시 단속반이나 민병대가 둑을 넘어올 것 같아 불안하고 두려웠다. 언덕 가장자리 너머로 마을 안 집들과 종탑이 보였다. 젊은 신사는 낚싯바늘을 묶는 목줄 상자를 열었다. 페두찌는 몸을 숙여 납작하고 딱딱한 엄지와 집게손가락을 상자에 넣어 물기가 축축하게 묻은 목줄을 꼬았다.

"납 좀 있어요?"

"없어요."

"납이 좀 있어야 해요." 페두찌는 흥분했다. "피욤보*가 있어야 한다고요. 피욤보. 작은 피욤보요. 바로 여기에요. 낚싯바늘 바로 위에 그게 있어야 미끼가 물 위로 떠오르지 않죠. 그게 꼭 있어야 해요. 조그만 피욤보 말이에요."

"가져온 거 좀 없어요?"

"없어요." 그는 필사적으로 주머니를 뒤졌다. 군복 안주머니

---

* 이탈리아어로 납.

속 안감 천의 먼지 보풀을 헤집어 보았다. "하나도 없어요. 피욤보가 있어야 해요."

"그럼 낚시는 할 수 없겠군요." 젊은 신사는 낚싯대를 분리하고 바늘을 묶었던 낚싯줄을 풀어 다시 감았다. "피욤보를 구해서 내일 다시 옵시다."

"그렇지만 이봐요, 친구, 피욤보가 있어야 해요. 그걸 안 달면 낚싯줄이 물 위에 둥둥 떠요." 페두찌의 행운이 눈앞에서 산산이 조각나고 있었다. "피욤보가 있어야 해요. 아주 조금만 있어도 돼요. 당신 물건은 모두 깨끗하고 새것인데 피욤보가 없어요. 내가 분명히 좀 가져왔을 텐데…. 당신이 다 있다고 했잖아요."

젊은 신사는 눈이 녹아내리는 바람에 혼탁해진 강을 바라보았다. "알겠어요." 그가 말했다. "피욤보를 좀 구해서 내일 낚시하기로 하죠."

"내일 아침 몇 시에요? 몇 시인지 말해줘요."

"7시요."

해가 나왔다. 따스하고 상쾌했다. 젊은 신사는 안도감을 느꼈다. 더는 법을 어길 일이 없었다. 강둑에 앉아 젊은 신사는 주머니에서 마르살라 병을 꺼내 페두찌에게 건넸다. 페두찌가 술병을 그에게 건네주었다. 젊은 신사는 한 모금 마시고 다시 페두찌에게 건넸다. 페두찌가 술병을 다시 건네며 말했다. "마셔요. 더 마셔요. 당신 마르살라잖아요." 젊은 신사는 한 모금을 더 마신

다음 페두찌에게 병을 건넸다. 젊은 신사가 마시는 동안 페두찌는 술병을 뚫어지게 쳐다보았다. 페두찌는 얼른 술병을 받아 입에 대고 나발을 불었다. 마시는 동안 목주름에 난 회색 수염이 오르락내리락했고, 시선은 좁은 갈색 술병 끝에 고정되어 있었다. 페두찌는 한 방울도 안 남기고 병을 비웠다. 그가 마시는 동안 해가 비쳤다. 정말 기분이 좋았다. 어쨌든 오늘은 기분 좋은 날이었다. 멋진 날이었다.

"센타, 카로.(좋아요, 친구.) 그럼 내일 아침 7시에 봅시다." 페두찌는 젊은 신사를 '카로(친구)'라고 여러 번 불렀지만 아무런 응답도 없었다. 좋은 마르살라였다. 페두찌의 눈이 반짝였다. 이제부터 이런 날들이 계속되겠지. 내일 아침 7시에 시작될 거야.

두 사람은 마을을 향해 언덕을 오르기 시작했다. 젊은 신사가 앞서 걸어가 언덕을 꽤 많이 올라가 있었다. 페두찌가 그를 불렀다.

"이봐요, 카로. 부탁인데 5리라만 빌려주면 안 돼요?"

"오늘 일당으로요?" 젊은 신사가 눈살을 찌푸리며 물었다.

"아니, 오늘 몫은 관두고, 내일 일당을 오늘 주세요. 내일 필요한 건 내가 다 준비할게요. 파네(빵), 살라미 소시지, 포르마지오 치즈…. 전부 우리에게 좋은 음식이죠. 당신과 나, 그리고 부인에게 말입니다. 낚시용 미끼도 지렁이뿐만 아니라 피라미도 가져올게요. 마르살라도 좀 구할 수 있을지 몰라요. 전부 5리라면 돼요. 부탁이니까 5리라만 줘요."

젊은 신사는 지갑을 뒤적거려 2리라짜리 지폐 두 장과 1리라짜리 한 장을 꺼냈다.

"고맙소, 카로. 고마워요." 칼튼 클럽 회원이 다른 회원에게 <모닝포스트> 신문을 건네받는 듯한 점잖은 어투로 페두찌가 말했다. 산다는 것이란 바로 이런 것이다. 호텔 정원을 돌며 얼어붙은 거름을 갈퀴로 부수는 일은 이제 끝났다. 인생이 활짝 피고 있었다.

"그럼 7시에! 카로." 페두찌가 젊은 신사의 등을 다독거리며 말했다. "7시 정각에 가는 걸로!"

"안 갈지도 몰라요." 젊은 신사가 지갑을 도로 주머니에 넣으며 말했다.

"뭐라고요?" 페두찌가 말했다. "피라미를 가져올게요, 선생님. 살라미도요, 전부 다요. 선생님과 저, 그리고 부인, 우리 셋을 위해서요."

"안 갈지도 몰라요." 젊은 신사가 말했다. "아마 그러기가 쉬워요. 호텔 사무실 주인에게 미리 얘기해둘게요."

CHAPTER XII

바로 눈앞에서 그 일을 목격했다면, 당신은 빌랄타가 황소를 향해 소리를 지르며 욕설을 퍼붓는 모습을 볼 수 있었을 것이다. 황소가 돌진하자 빌랄타는 마치 거센 바람에도 굳건히 서 있는 참나무처럼 버티며 몸을 뒤로 물렀다. 그는 두 다리를 바짝 모았고, 손에 든 물레타*는 회전하는 몸에 맞춰 곡선을 그렸다. 검이 곡선의 궤적을 따랐다. 빌랄타는 황소에게 소리를 질렀고 빨간 물레타를 펄럭이며 달려드는 황소에게 흔들었다. 그러고 나서 두 다리로 굳게 버티고 선 채 몸을 돌리면 물레타가 파도 타듯 곡선을 그렸다. 그때마다 관객들은 우렁찬 함성을 질렀다.

빌랄타가 황소를 죽이는 절차에 들어가자 일련의 동작이 숨막힐 듯 빠르게 이어졌다. 황소는 바로 앞에서 빌랄타를 똑바로 노려보며 증오를 드러냈다. 빌랄타는 물레타의 주름진 천 속에

---

* 투우 경기의 마지막 1/3 시간 동안 마타도르가 사용하는 막대기에 매단 붉은 천.

서 검을 꺼내는 동시에 목표를 조준하며 황소를 향해 힘껏 외쳤다. "토로! 토로!" 그러자 황소가 돌격해 왔다. 빌랄타도 황소를 향해 돌진했다. 순식간에 둘은 한 덩어리가 되었다. 빌랄타와 황소가 하나가 되었다. 그때 모든 것이 끝났다. 빌랄타는 우뚝 서 있었고, 황소의 어깨 사이에는 검의 붉은 칼자루가 멋대가리 없이 박혀 있었다. 빌랄타는 관중석을 향해 손을 높이 들었다. 황소는 피를 흘리며 빌랄타를 똑바로 바라보았으나 다리에 힘이 풀렸다.

세상에 내리는 눈

Cross-Country Snow

푸니쿨라*가 한 번 더 덜컹거리더니 멈추어 섰다. 바람에 날린 눈이 선로 위에 수북이 쌓이는 바람에 더는 나아갈 수 없었다. 산을 샅샅이 휩쓸고 있는 강풍 때문에 눈 표면이 쓸리며 단단하게 굳어버렸다. 짐칸에서 스키에 왁스를 칠하던 닉은 스키의 발판 고정대에 부츠를 밀어넣고 잠금쇠를 단단히 걸었다. 닉은 푸니쿨라의 옆문을 열고 딱딱하게 다져진 눈으로 뛰어내려 점프턴으로 방향을 바꾼 다음, 몸을 웅크리고 스틱을 끌며 경사면을 순식간에 미끄러져 내려갔다.

저 아래 펼쳐진 하얀 눈밭으로 조지가 몸을 숙였다가 세웠다가 다시 숙이며 시야에서 사라졌다. 급경사진 산비탈을 따라 쏜살같이 내려가는 조지의 모습에 닉은 정신이 아찔해지는 듯했고, 마치 자신이 허공을 날아 낙하하는 듯한 멋진 감각을 몸으로

---

* 매우 가파른 경사에 설치된 레일 위를 움직이는 케이블카.

느꼈다. 닉은 완만하게 경사진 오르막을 올라간 다음 내리막으로 향하자 발밑의 눈이 순식간에 사라지는 듯했고, 길고 가파른 마지막 내리막을 더욱더 빠르게, 쏜살같이 미끄러져 내려갔다. 몸을 웅크려 스키 위에 앉듯이 무게 중심을 낮추려고 애썼지만, 모래 폭풍처럼 몰아치는 눈 속에서 닉은 지나치게 속도가 빠르다고 느꼈다. 그래도 그대로 달렸다. 속도를 줄이지 않았고, 다만 넘어지지 않으려고 버텼다. 그때 바람에 날려 움푹 팬 곳에 남아 있던 부드러운 눈밭에 걸려 넘어졌다. 스키가 서로 부딪치는 소리와 함께 그는 총에 맞은 토끼처럼 데굴데굴 구르다가, 마침내 두 다리가 꼬이고 스키가 하늘로 우뚝 솟은 채 눈에 박혀 멈췄다. 코와 귀는 온통 눈 범벅이었다.

조지는 조금 더 아래쪽 비탈에 서서 바람막이 재킷을 손바닥으로 두드리며 눈을 털어내고 있었다.

"멋지게 넘어졌어, 마이크! 아주 형편없는 눈이야. 나도 똑같이 당했어." 조지가 큰 소리로 외쳤다.

"저쪽 협곡은 어때?" 누운 채 발로 스키를 돌려세우고 닉이 일어났다.

"왼쪽으로 붙어서 내려가야 해. 빠르게 내려가야 하는 좋은 코스이긴 한데, 맨 아래 펜스가 있어서 크리스티*를 써야 해."

---

* 회전하며 속도를 줄이는 스키 기술.

"잠깐만 기다려. 같이 내려가자."

"아냐, 먼저 내려가. 네가 저 협곡을 어떻게 내려가나 볼게."

커다란 등과 금발 머리에 아직 눈이 약간 붙어 있는 닉 애덤스는 조지를 지나쳐 올라오더니, 이내 왼쪽 가장자리를 끼고 미끄러져 내려가기 시작했다. 닉은 수정처럼 맑은 가루눈 위를 쉭쉭 소리 내며 쏜살같이 질주하면서, 마치 공중으로 떠올랐다가 낙하하듯 물결처럼 굽이치는 계곡을 오르내렸다. 닉은 왼쪽을 유지하며 질주하다가 펜스를 향한 마지막 구간에서 두 무릎을 모아 단단히 고정한 상태에서 몸을 나사 조이듯 틀었다. 그러자 스키는 눈더미 속에서 오른쪽으로 급격히 돌아갔고 비탈진 언덕과 펜스 사이에서 평행을 이루며 정지했다.

닉은 언덕을 올려다보았다. 조지는 무릎을 구부린 채 텔레마크* 자세로 내려오고 있었다. 앞으로 내민 다리는 구부리고 다른 쪽 다리는 앞다리가 만든 궤적을 따라 내려오는 자세였다. 스틱은 가느다란 곤충 다리처럼 매달려 있다가 지면에 닿을 때마다 눈덩이를 찍어 올렸다. 마지막에 조지는 땅에 닿을 만큼 앞무릎을 구부린 채 오른쪽으로 아름다운 곡선을 그리며 돌아왔고, 다리를 앞뒤로 쭉 뻗으며 스키의 회전력에 맞서 몸을 기울였다. 빛의 점들이 곡선을 그려내듯, 스틱 덕분에 눈보라 속에서 커브가

---

* 스키의 회전 기술.

더욱 돋보였다.

"크리스티를 하기가 겁났어." 조지가 말했다. "눈이 너무 두껍게 쌓여 있었거든. 그런데도 넌 멋지게 해내더라."

"난 다리가 시원찮아서 텔레마크를 할 수 없었어." 닉이 말했다.

닉이 스키로 철조망의 맨 위 가닥을 누르자 조지가 그 위로 살짝 넘어갔다. 닉은 조지를 따라 도로 아래로 내려갔다. 두 사람은 무릎을 굽힌 채 도로를 따라 내려갔다가 소나무 숲으로 나아갔다. 도로는 통나무를 운반하는 사람들이 남긴 주황색과 담뱃잎 색으로 얼룩진 반들반들한 빙판으로 변해 있었다. 두 사람은 눈이 덮인 길을 따라 계속 나아갔다. 길은 급한 경사를 이루며 개울가로 내려갔다가 이내 오르막길로 이어졌다. 숲 사이로 처마가 낮고 비바람에 낡은, 길쭉한 건물이 보였다. 나무 사이로 보이는 건물은 빛바랜 노란색이었다. 가까이 다가가니 창틀은 초록색으로 칠해져 있었는데 페인트가 벗겨지고 있었다. 닉은 스키 스틱으로 클램프를 풀고 스키를 벗었다.

"여기서부터는 스키를 벗고 가는 게 낫겠어." 닉이 말했다.

닉은 스키를 어깨에 메고 징이 달린 부츠의 뒤축으로 언 땅을 박차며 가파른 길을 올라갔다. 바로 뒤에서 조지의 숨소리와 발꿈치로 땅을 박차는 소리가 들렸다. 스키를 산장 벽에 세워놓은 두 사람은 바지에 붙은 눈도 털어내고 바닥에 문질러 부츠에 달라붙은 눈도 털어낸 다음, 안으로 들어갔다.

안은 무척 어두웠다. 방 한구석에는 큼직한 도자기 난로가 환하게 빛을 내고 있었다. 천장은 낮았다. 포도주로 얼룩진 어두운 탁자들 뒤로 닳고 닳아 반질반질해진 긴 의자들이 방 양쪽 벽을 따라 놓여 있었다. 난로 옆에는 스위스 남자 두 명이 파이프 담배를 피우며 탁한 햇포도주 잔을 기울였다. 남자들은 재킷을 벗고 난로 반대편 벽에 기대어 앉았다. 옆방에서 흘러나오던 노랫소리가 멈추고, 파란 앞치마를 두른 여자가 문을 열고 들어와 두 사람에게 무엇을 마시겠냐고 물었다.

"시옹 한 병 주세요." 닉이 대답했다. "괜찮지, 지지?"

"괜찮아. 포도주라면 네가 나보다 더 잘 알잖아. 난 아무거나 다 좋아." 조지가 말했다.

여자가 밖으로 나갔다.

"스키에 비길 만한 건 아무것도 없어, 그렇지?" 닉이 말했다.

"처음 장거리를 활강할 때 그 기분 말이야."

"아무렴, 말로 표현할 수 없을 정도로 멋지고말고."

여자가 와인을 가져왔다. 두 사람은 코르크 마개가 빠지지 않아 애를 먹었다. 닉이 가까스로 코르크를 빼냈다. 여자가 나갔고 옆방에서 독일어로 노래하는 소리가 났다.

"와인 병 안에 들어간 코르크 조각은 먹어도 괜찮아." 닉이 말했다. "케이크도 파나 모르겠다."

"물어보지, 뭐."

여자가 다시 안으로 들어왔을 때 닉은 그녀가 임신한 불룩한 배를 앞치마로 가리고 있다는 사실을 알아차렸다. 그녀가 처음 들어왔을 때 왜 그걸 알아차리지 못했을까?

"무슨 노래를 부르고 있었어요?" 닉이 여자에게 물었다.

"오페라, 독일 오페라예요." 여자는 노래에 관해 별로 얘기하고 싶지 않은 눈치였다. "원하시면 사과 슈트루델*을 드릴게요."

"저 여자, 좀 무뚝뚝하지 않니?" 조지가 말했다.

"글쎄, 우리가 모르는 사람이니까 괜히 자기 노래를 놀리려는 줄 알았겠지. 독일어를 쓰는 마을에서 왔을 텐데, 여기 와서 결혼도 안 했는데 아기가 생겨서 신경이 예민해졌을 거야."

"저 여자가 결혼하지 않았다는 걸 네가 어떻게 알아?"

"반지를 안 꼈잖아. 젠장, 여기 여자들은 말이지, 임신하기 전에는 결혼을 안 하거든."

문이 열리더니 길을 따라 조금 더 올라간 곳에서 내려온 벌목꾼 무리가 작업화를 쿵쿵 구르며 안으로 들어왔다. 벌목꾼의 몸에서는 김이 모락모락 나고 있었다. 웨이트리스는 3리터짜리 새 와인을 가져다주었다. 벌목꾼들은 두 탁자에 나눠 앉더니 모자를 벗고 벽에 등을 기대거나 탁자 앞으로 몸을 기울이고 조용히

---

* 과일을 밀가루 반죽으로 얇게 싸서 화덕에 구운 과자.

136

담배를 피웠다. 밖에서는 통나무 썰매를 끄는 말들이 간간이 머리를 흔들 때마다 날카로운 방울 소리가 났다.

조지와 닉은 행복했다. 둘은 서로 정이 들었다. 하지만 이제 곧 집으로 돌아가야 한다는 사실을 알고 있었다.

"언제 학교로 돌아가야 해?" 닉이 물었다.

"오늘 밤 몽트뢰, 10시 40분 기차야." 조지가 대답했다.

"여기 좀 더 머물면 좋을 텐데. 내일 당 드 리스에서 같이 스키 타면 좋겠어."

"졸업은 해야 하니까." 조지가 말했다. "젠장, 마이크, 우리 둘이 그냥 빈둥거리면서 놀기만 하면 얼마나 좋을까? 스키를 챙겨서 기차를 타고 좋은 슬로프가 있는 곳을 찾아가서는 술집에서 묵는 거야. 배낭에 수리 장비하고 여분의 스웨터, 잠옷만 챙기고, 오베르란트를 가로질러 발레산맥을 타고 엥가딘까지 달리는 거지. 빌어먹을 학교 같은 건 싹 다 잊어버리고 말이야."

"맞아, 그길로 슈바르츠발트까지 관통하는 거야. 정말 멋진 곳들이잖아."

"거긴 네가 지난여름에 낚시하러 갔던 곳 아냐?"

"맞아."

두 사람은 슈트루델을 먹고 남아 있는 와인을 비웠다.

조지는 벽에 기대앉아 눈을 감은 채 말했다.

"와인은 마시면 늘 이런 기분이 들어."

"어떤 기분? 나쁜 기분?" 닉이 물었다.

"아니, 좋은데 묘한 기분."

"알아." 닉이 말했다.

"그래." 조지가 말했다.

"한 병 더할까?" 닉이 물었다.

"아냐, 난 됐어." 조지가 말했다.

닉은 탁자에 팔꿈치를 대고 앉았고, 조지는 벽에 기대앉았다.

"헬렌이 아기를 낳겠대?" 조지가 벽에서 몸을 떼고 탁자로 다가앉으며 물었다.

"응."

"언제?"

"내년 늦여름."

"기뻐?"

"지금은 그래."

"미국으로 돌아갈 거야?"

"그래야겠지."

"그러고 싶어?"

"아니."

"헬렌은?"

"안 간대."

조지는 아무 말 없이 앉아 있었다. 빈 병과 빈 잔만 물끄러미 바라보았다.

"괴롭지 않아?"

"아니, 꼭 그렇지만은 않아." 닉이 대답했다.

"왜?"

"모르겠어."

"미국에서도 함께 스키 타러 갈래?" 조지가 물었다.

"모르겠어." 닉이 말했다.

"미국에는 스키 탈 만한 산이 별로 없잖아."

"없지. 바위도 너무 많고 나무도 너무 우거져 있고 말이야. 게다가 너무 멀어."

"그래. 캘리포니아가 그렇더라." 조지가 말했다.

"맞아. 내가 가본 데는 다 그렇더라고." 닉이 말했다.

"그래. 다 그렇지 뭐." 조지가 말했다.

스위스 사람들이 자리에서 일어나 계산을 마치고 밖으로 나갔다.

"우리도 스위스 사람이면 좋았을 텐데." 조지가 말했다.

"스위스 사람들은 다 갑상선 종양이 있다던데." 닉이 말했다.

"난 그런 거 안 믿어." 조지가 말했다.

"나도 안 믿어." 닉이 말했다

둘은 재밌다는 듯 웃었다.

"어쩌면 다시는 같이 스키를 탈 수 없을지도 몰라, 닉."

“무슨 소리야. 같이 타야지. 네가 못 타는데 뭐하러 나 혼자 타겠어.”

“알았어. 같이 탈게.” 조지가 말했다.

“꼭 같이 타자.” 닉이 맞장구를 쳤다.

“그러기로 약속할 수 있으면 좋겠다.” 조지가 말했다.

닉이 일어섰다. 바람막이 재킷을 단단히 채우더니 조지 쪽으로 몸을 숙여 벽에 기대놓은 스키 스틱 두 개를 집어 들었다. 닉은 스틱 하나를 바닥에 짚고 서서 말했다.

“약속이란 부질없는 짓이야.”

둘은 문을 열고 나갔다. 바깥은 매우 추웠다. 눈이 딱딱하게 굳어 있고, 길은 언덕 위 소나무 숲속으로 이어져 있다.

두 사람은 산장 벽에 세워놓은 스키를 집어 들었다. 닉은 장갑을 꼈다. 조지는 어느새 스키를 어깨에 메고 산길을 오르기 시작했다. 이제 두 사람은 스키를 타고 함께 집으로 돌아가는 길을 내려갈 것이다.

CHAPTER XIII

길을 따라 북소리가 점점 다가오고, 그 뒤로 피리와 파이프 소리가 들렸다. 사람들이 춤을 추며 모퉁이를 돌아 나와 거리를 가득 메웠다. 마에라가 인파 속에서 그를 찾아냈고 나도 그의 모습을 보았다. 음악이 멈추자 사람들은 모두 쪼그려 앉았고, 그도 사람들과 함께 길에 쪼그려 앉았다. 음악이 다시 시작되자 그는 벌떡 일어나 사람들과 함께 춤을 추며 길을 내려갔다. 그는 완전히 술에 취해 있었다.

"네가 따라가 봐. 저놈은 날 싫어하잖아." 마에라가 말했다.

그래서 나는 아래로 내려가 인파 속을 헤집고 들어갔다. 그가 음악이 흘러나오기를 기다리며 웅크리고 앉아 있을 때 나는 그의 팔을 붙잡고 말했다. "이봐, 루이스. 대체 왜 이러는 거야! 오늘 오후에 투우가 있잖아." 루이스는 내 말을 듣지 않았다. 음악이 시작하는지 아닌지에만 온통 신경을 곤두세웠다.

"바보같이 굴지 마, 루이스. 어서 호텔로 돌아가자." 내가 말했다.

그때 악대가 다시 연주를 시작했다. 루이스는 벌떡 일어나 몸을 비틀어 내게서 벗어나더니 춤을 추기 시작했다. 내가 팔을 붙잡자 루이스는 내 손을 뿌리치며 말했다. "제발, 날 좀 내버려둬요. 당신은 우리 엄마가 아니잖아요."

나는 호텔로 돌아갔다. 마에라는 내가 루이스를 데려오는지 지켜보기 위해 발코니에 나와 서 있었다. 마에라는 나를 발견하자마자 방 안으로 들어갔다가 욕지기를 해대며 아래로 내려왔다.

"결국 루이스는 의리 없는 멕시코 야만인에 불과해." 내가 말했다.

"맞아. 그런데 저놈이 뿔에 박히면 누가 황소를 죽이지?" 마에라가 물었다.

"누구긴 누구야, 우리가 죽여야겠지." 내가 말했다.

"그렇지, 우리가 해야지." 마에라가 말했다. "저 야만인 놈들의 황소, 주정뱅이들의 황소, 리아우-리아우* 춤을 추는 놈들의 황소를 우리가 죽이는 거야. 그래! 우리가 죽이는 거라고. 모조리 싹 죽여버리는 거야. 그래, 다 죽여버리자고."

---

* 스페인 팜플로나에서 열리는 산 페르만 축제에서 참가자들이 펄쩍펄쩍 뛰며 추는 춤.

우리 아버지

My Old Man

지금 생각해보면 우리 아버지는 주변에서 흔히 볼 수 있는 작고 뚱뚱한 아저씨들 같은 체질이었다. 하지만 그리된 적은 없었다. 말년에 잠깐 살이 찌긴 했는데 아버지 잘못은 아니었다. 그때 아버지는 장애물 경주만 뛰었기 때문에 체중이 좀 나가도 괜찮았다. 운동 셔츠 두 겹을 겹쳐 입고, 그 위에 꽉 끼는 고무 셔츠를 덧입고, 그 위에 또 커다란 운동 셔츠를 더 걸치고 나서, 뜨거운 햇볕이 내리쬐는 아침에 나를 데리고 함께 달리곤 하던 아버지의 모습이 떠오른다. 아마 아버지는 새벽 4시 토리노에 도착하자마자 택시를 타고 마구간으로 달려가 라쪼 경마장의 경주마 한 마리를 타고 연습 주행을 했을 것이다. 그러고 나서 온 세상이 이슬에 젖고 해가 막 떠오르기 시작할 때, 내가 승마화를 벗겨주면 아버지는 운동화로 갈아신고 스웨터를 마구 껴입은 채 나와 함께 뛰기 시작했다.

아버지는 기수 탈의실 앞에서 발끝으로 섰다 내렸다 하며

"자, 꼬맹아, 어서 달리자"라곤 했다.

그러면 아버지가 앞장을 서고 내가 뒤따르며 경주로를 경쾌하게 한 바퀴 달렸던 것 같다. 우리는 정문으로 나와 산 시로*에서 뻗어나간, 양쪽에 가로수가 즐비하게 늘어선 길 하나를 따라 달리곤 했다. 큰길로 접어들면 내가 앞서 나갔다. 나는 한참 동안 꽤 힘차게 달릴 수 있었다. 그러다가 뒤를 돌아다보면 아버지는 바로 뒤에서 느긋하게 뛰어오고 있었는데, 잠시 후 다시 돌아다보면 땀을 흘리고 있었다. 땀을 뻘뻘 흘리며 아버지는 내 등에 시선을 고정한 채 바짝 붙어 따라오다가, 내가 뒤돌아보는 것을 알아채면 싱긋 웃으며 "땀 많이 나지?" 하고 물었다. 아버지가 웃으면 나도 따라 웃었다. 우리는 계속해서 산을 향해 달려갔다. 그러다가 갑자기 "조야!" 하고 부르는 소리에 뒤돌아보면, 아버지는 허리에 차고 있던 수건을 목에 감고 나무 아래 앉아 있었다.

내가 뒤돌아가 옆에 앉으면, 아버지는 주머니에서 줄을 꺼내 땡볕 아래서 줄넘기를 시작했다. 얼굴에서는 땀이 쏟아지고, 줄은 타가닥타가닥, 타가닥타가닥, 타각, 타각, 타각 소리를 내며 하얀 먼지를 냈다. 햇볕이 점점 더 뜨거워질수록 아버지는 길 한쪽에서 오르락내리락하며 더욱 열심히 운동했다. 정말이지, 아

144

버지가 줄넘기하는 모습은 대단한 구경거리였다. 아버지는 윙윙 소리를 내며 빠르게, 또는 느리면서도 멋지게 줄을 넘었다. 아, 이따금 흰색 황소들이 끄는 마차를 몰고 시내로 들어가다 우리를 쳐다보던 윕스들의 모습을 봤으면 좋았을 텐데! 그 사람들은 분명히 아버지가 미쳤다고 생각하는 눈치였다. 아버지는 그들이 멈춰 서서 꼼짝하지 않고 자기를 지켜보다가 결국 "이랴, 쯧쯧" 하고 혀를 차며 황소를 막대기로 찔러 길을 다시 재촉할 때까지, 윙윙 소리를 내며 줄넘기를 했다.

뜨거운 햇볕 아래에 앉아 아버지가 운동하는 모습을 바라보고 있으면, 진심으로 아버지를 좋아한다는 생각이 들었다. 아버지는 정말 재미있는 사람이었고, 정말 열심히 운동했다. 줄에서 휘파람 소리가 날 만큼 규칙적인 속도로 줄넘기를 마무리할 때면, 얼굴에서 땀이 비 오듯 쏟아졌다. 줄넘기가 끝나면 아버지는 나무에 줄을 걸쳐놓고 목에 수건과 스웨터를 두른 채 내 옆으로 와서 나무에 등을 기대고 앉았다.

"몸무게를 유지하는 일이란 아주 지옥 같단 말이야, 조! 한창 젊었을 때랑은 달라." 아버지는 그렇게 말하고 나무에 기대앉아 눈을 감고 길고도 깊이 숨을 쉬었다. 아버지는 땀이 식기 전에 자리에서 일어났고, 우리는 뛰어왔던 길을 따라 다시 마구간을 향해 달려갔다. 아버지는 그렇게 체중을 유지했다. 아버지는 체중을 빼느라 늘 애를 먹었다. 대부분의 기수는 원하는 만큼 얼마든지 체중을 줄일 수 있다. 기수는 한번 말을 탈 때마다 체중이 약 1킬로그램씩 빠지지만, 우리 아버지는 마른 체형이라서 아침마다 그렇게 달리기를 하지 않으면 몸무게를 줄일 수 없었다.

산 시로에서 한번은 부조니 소속으로 말을 타던 레골리라는 작은 이탈리아인 기수가 체중을 재고 나오면서 승마화를 채찍으로 툭툭 치며 시원한 음료를 마시러 방목장을 가로질러 야외 바쪽으로 걸어갔다. 막 체중을 잰 아버지도 말안장을 팔에 끼고 나왔는데, 얼굴은 상기되고 지쳐 보였고 입고 있는 기수복은 터질 듯 꼭 끼어 보였다. 아버지는 야외 바에서 시원하게 음료를 마시고 있는 젊고 앳돼 보이는 레골리를 쳐다보았다. 나는 아버지가 레골리와 부딪혔거나, 아니면 다른 일이 있었나 싶어서, "아빠, 무슨 일이에요?" 하고 물었다. 그러자 아버지는 레골리에게 시선을 고정한 채 "제기랄, 됐어" 하더니 탈의실로 들어갔다.

글쎄, 밀라노에 머물면서 밀라노와 토리노에서 말을 타는 편이 나을 뻔했는지도 모르겠다. 세상에 쉬운 코스가 있다면 바로 그 두 곳이었으니까. "식은 죽 먹기야, 조!" 이탈리아인들이 엄청나게 어려운 장애물 경주라고 생각했던 경기에서 아버지가 우승한 뒤 말에서 내리며 말했다. 나는 그 이유를 물어보았다. "이 코스는 저절로 달려져. 말이 하는 대로 그냥 내버려두면 돼. 달리는 속도 때문에 장애물 넘는 일이 위험해지는 거거든. 장애물 경주에서는 그렇게 빠른 속도를 내면 안 되는 거야. 그것만 잘 지키면 정말 어려운 장애물이라곤 하나도 없어. 문제를 일으키는 건 점프가 아니라 언제나 속도란다, 조!"

산 시로는 내가 본 경마장 중 가장 멋진 곳이었다. 하지만 아버지는 개 같은 삶이라고 말하곤 했다. 그 당시 아버지는 하루건너 한 번씩 야간기차를 타고 미라포오레와 산 시로를 오가며 거의 매일 말을 탔다.

나도 말에 푹 빠져 있었다. 말들이 트랙으로 나와 지정된 출발선을 향해 올라갈 때면 뭐라고 말할 수 없는 특별한 느낌이 들었다. 마치 춤을 추듯 근육이 팽팽해 보이는 말의 고삐를 기수가 꽉 쥐고 있다가 출발선으로 올라가는 동안 살짝 늦춰주며 조금씩 달리게 했다. 그러다가 그들이 출발대에 다다르면 내 가슴은 한없이 쪼그라들었다. 특히 푸르고 넓은 잔디밭과 멀리 산이 보이는 산 시로 경마장에서, 커다란 채찍을 든 뚱뚱한 이탈리아인 출발 진행요원과 말들을 토닥거리며 이리저리 움직이는 기수들, 그리고 갑자기 출발대가 솟아오르는 동시에 종소리가 나자마자 한꺼번에 몰려나가 곧바로 길게 늘어서는 말들의 모습을 보면 정말 숨이 막혔다. 말들이 무리 지어 일제히 출발하는 모습을 관중석에 올라가 쌍안경으로 바라보면, 말들이 쏜살같이 달려나가는 장면이 렌즈 안에 꽉 차게 들어오고, 그다음 종소리가 영원히 울릴 것처럼 들리다가 말들이 경주로를 한 바퀴 돌아 쏜살같이 달려오는 모습이 보였다. 세상에 이보다 더 숨 막히는 장면은 없다.

그러던 어느 날 아버지는 탈의실에서 평상복으로 갈아입으며 말했다. "여기 말들은 형편없어, 조. 파리 같았으면 저런 늙고 깡마른 말들은 벌써 죽여서 가죽하고 말굽만 챙기고 내다 버렸을 거야." 그날은 아버지가 마지막 수백 미터를 마치 포도주병에서 코르크가 빠져나가듯 쏜살같이 달린 란토르나를 타고 '프레미오 코메르치오' 대회에서 우승한 날이었다.

우리는 그날 경기가 끝나고 짐을 싸서 이탈리아를 떠났다. 아버지와 홀브룩, 그리고 밀짚모자를 쓰고 손수건으로 연신 얼굴을 닦아내는 뚱뚱한 이탈리아 남자가 갈레리아*의 카페 탁자에 앉아 다투고 있었다. 세 사람은 모두 프랑스어로 이야기했는데, 두 사람이 아버지에게 무언가를 따졌다. 결국 아버지는 입을 다문 채 홀브룩만 바라보았다. 그러자 나머지 두 사람은 교대로 계속 아버지를 추궁했다. 뚱뚱한 이탈리아 남자는 항상 홀브룩의 말을 자르며 끼어들었다.

"조, 가서 <스포츠맨> 신문 좀 사다 줄래?" 아버지는 홀브룩에게 시선을 고정한 채, 내게 돈을 건네주며 말했다.

나는 갈레리아 밖으로 나와 스칼라 극장 앞으로 걸어가 신문

---

* 이탈리아 밀라노에 있는 쇼핑센터. 1877년 완공되었으며, 아케이드 형식으로 되어 있다. 지붕이 있는 보행자 거리 형태의 밀라노 상업 갤러리로 두오모 광장에서 스칼라 광장까지 이어진다.

을 샀고, 다시 갈레리아로 돌아와 세 사람을 방해하지 않으려고 조금 떨어진 곳에 서 있었다. 아버지는 의자에 기대앉아 커피잔에 남아 있는 커피를 내려다보며 숟가락으로 휘젓고 있었고, 홀브룩과 덩치 큰 이탈리아 남자는 서 있었다. 이탈리아 남자는 연신 얼굴의 땀을 닦으며 고개를 흔들었다. 내가 다가가자 아버지는 두 사람을 그림자 취급하며 "조, 아이스크림 먹을래?" 하고 물었다. 홀브룩은 아버지를 내려다보며 천천히 또박또박 "이런 개자식!"이라고 말하더니 뚱뚱한 이탈리아인과 함께 탁자들 사이를 비집고 밖으로 나갔다.

아버지는 나에게 멋쩍은 미소를 지었지만, 얼굴은 창백하고 몹시 아파 보였다. 나는 분명 무슨 일이 생겼다는 걸 알았다. 어떻게 아버지에게 개자식이라고 하고도 저렇게 무사히 가버릴 수 있는지 이해할 수 없었기에 덜컥 겁이 났고 속이 상했다.

아버지는 <스포츠맨>을 펼쳐 기수들의 승패 확률 순위를 매긴 기사를 한동안 살펴보고 나서 말했다. "조! 이 세상에는 감수해야 할 일이 많단다." 사흘 후 우리는 트렁크 하나와 옷 가방 하나만을 챙기고 나머지 물건은 터너의 마구간 앞에서 경매로 처분한 다음, 파리행 토리노 기차를 타고 영원히 밀라노를 떠났다.

우리는 이른 새벽 파리에 도착했다. 기차는 아버지가 리옹역이라고 알려준 길고 더러운 역에 정차했다. 밀라노를 떠나 파리에 와보니 파리는 정말 엄청난 대도시였다. 밀라노에서는 모든 사람이 어딘가로 향하고 모든 전차가 어딘가를 향해 달렸어도 전혀 혼란스러워 보이지 않았다. 하지만 파리는 온통 엉망진창에 질서가 전혀 없어 보였다. 그래도 세계 최고의 경마장이 파리에 포진해 있었기에 나는 부분적일지언정 파리를 좋아할 수밖에 없었다. 마치 경마가 파리의 모든 일상을 유지하는 구심점 같았다. 확실히 알 수 있는 사실은, 경주가 열리는 경마장이 어디든 버스들은 매일같이 모든 혼잡을 뚫고 그곳까지 바로 달려간다는 것이었다. 나는 파리를 잘 알지 못했다. 메종에서 아버지와 일주일에 한두 번만 왔을 뿐이고, 우리는 항상 메종에서 온 아버지의 동료들과 함께 오페라 극장 쪽 '카페드라페'에만 죽치고 있었기 때문이었다. 나는 그곳이 파리 시내에서 가장 번화가 중 하나가 아닐까 생각했다. 그런데 파리 같은 대도시에 갈레리아가 없다는 사실이 믿기지 않았다.

우리는 메종-라피트로 이사 가서 살게 되었다. 샹티에 사는 몇 사람을 빼고는 아버지 동료들 대부분이 메종에 살았다. 우리는 마이어스 부인이 운영하는 하숙집에서 지냈다. 메종은 내가 살아본 동네 중 가장 멋진 곳이었다. 마을 자체는 별로였지만 호수와 멋진 숲이 있어서 나는 아이들 몇몇과 온종일 뛰어다니며 놀곤 했다. 아버지가 만들어준 새총으로 이것저것 잡았다. 그중 가장 기억에 남는 건 까치였다. 하루는 꼬마 딕 앳킨슨이 내 새총으로 토끼를 잡았다. 우리는 토끼가 죽은 줄 알고 나무 아래 두었는데, 딕이 담배를 피우고 있을 때 갑자기 토끼가 펄쩍 뛰더니 덤불 속으로 달아났다. 우리는 토끼를 쫓아갔지만 찾을 수 없었다. 메종에서는 정말 재미있게 지냈다. 마이어스 아주머니가 아침에 점심 도시락을 싸주었고, 나는 종일 바깥에서 놀았다. 프랑스말도 금방 배웠다. 배우기 쉬운 언어였다.

메종에 도착하자마자 아버지는 밀라노에 면허증을 발급해달라는 요청서를 보냈는데, 그것이 도착할 때까지 안절부절못했다. 아버지는 동료들과 메종 시내에 있는 카페드파리에 모여 앉아 시간을 보내곤 했다. 동료들 대부분은 아버지가 전쟁 전 메종에 살면서 파리에서 말을 탈 때부터 알고 지냈다. 경마장 마구간 일은 기수들 기준으로 아침 9시면 다 끝나기 때문에 시간이 충분하게 남았다. 기수들은 새벽 5시 30분에 첫 번째 조의 말들을 마구간에서 끌고 나와 전속력으로 달리고, 8시에는 두 번째 조의 말을 타고 달렸다. 그러려면 일찍 일어나야 하고 일찍 잠자리에 들어야 했다. 다른 사람 소유의 말을 타는 기수들은 함부로 술을 마시고 돌아다닐 수 없었다. 어린 기수는 조련사가 늘 감시했고, 성인이라도 항상 스스로 통제했기 때문이다. 그래서 기수들은 일하지 않을 때 카페드파리에서 동료들과 둘러앉아 베르무트나 셀츠 탄산수 같은 음료를 앞에 놓고 두세 시간 동안 일상적인 이야기를 하거나 옛날이야기를 하고, 당구를 치면서 시간을 보냈다. 말하자면 카페드파리는 클럽, 그러니까 밀라노에 있는 갈레리아 같은 곳이었다. 갈레리아에서는 항상 사람들이 분주하게 왔다 갔다 지나다녔지만, 여기는 사람들이 모두 탁자 주변에 둘러앉아 있다는 것이 유일하게 다른 점이다.

어쨌거나 아버지는 무사히 면허증을 받았다. 밀라노에서는 별다른 언급 없이 면허증을 보내왔고, 아버지는 두어 번 경주에도 나갔다. 아미앵 아니면 그런 비슷한 지방이었는데, 별로 기회를 주지 않는 것 같았다. 모두 아버지를 좋아했다. 내가 오전에 카페에 가보면 아버지는 누군가와 술을 마시고 있었다. 1904년 세인트루이스에서 열린 세계 박람회에서 말을 타고 처음으로 번 돈을 아직도 가지고 있는 대부분의 기수—아버지가 조지 번스를 놀려댈 때마다 늘 하던 말이었다—와 달리, 아버지는 인색하지 않았다. 하지만 사람들은 아버지에게 말을 맡기길 꺼리는 눈치였다.

우리는 날마다 메종에서 차를 타고 경마가 열리는 경마장이라면 어디든 찾아갔는데, 그 일이 제일 재미있었다. 말들이 도빌에서 여름휴가를 보내고 돌아왔을 때 나는 기뻐했다. 비록 그것이 더는 아이들과 숲속에서 뒹굴며 놀지 못한다는 것을 의미했지만, 그 대신 엉기엥이나 트랑블레, 생클루에 가서 조련사와 기수 전용 관람석에서 경마를 볼 수 있기 때문이었다. 나는 아버지의 동료들과 함께 다니면서 경마를 잘 알게 되었고, 매일 그런 재미가 이어졌다.

생클루에서 열린 경주를 보러 갔던 날은 지금도 기억에 생생하다. 일곱 마리가 출전하고 상금 20만 프랑이 걸린 그 대규모 경주의 가장 강력한 우승 후보는 차르라는 말이었다. 나는 아버지와 함께 경주에 나올 말들을 둘러보러 방목장에 갔는데, 정말 그런 말들은 생전 처음 보았다. 차르는 매우 건장한 황갈색 말이었다. 딱 보기에도 천부적인 경주마였다. 정말이지 그런 말은 처음 보았다. 차르는 고개를 숙인 채 조련사에게 이끌려 방목장을 돌고 있었는데, 내 옆을 지나갈 때마다 가슴이 텅 비는 느낌이 들 만큼 아름다웠다. 그렇게 멋지고 날렵하며 잘 달리게 생긴 말은 본 적이 없었다. 차르는 자신이 해야 할 일을 정확히 알고 있는 것처럼, 얌전하고 신중하게 발을 옮기며 방목장 주위를 천천히 돌았다. 약물에 취해 몸을 흔들고 두 발로 벌떡 서서 눈을 부릅뜨는, 이른바 흔히 경매장에서 볼 수 있는 경주마들과 달리, 차르는 전혀 불안하거나 흥분한 기색 없이 아주 편안하게 움직였다. 구경꾼들이 엄청나게 몰려들어 차르가 지나갈 때 다리 일부와 황갈색 털 말고는 제대로 볼 수 없었다. 아버지가 사람들 사이를 헤치고 나가기 시작했다. 나는 아버지를 따라 나무들 뒤편에 있는 기수 탈의실로 갔다. 그곳도 많은 구경꾼이 겹겹으로 둘러싸고 있었다. 출입구에 서 있던 중절모를 쓴 남자가 아버지에게 고개를 끄덕였고, 우리는 안으로 들어갈 수 있었다. 기수들은 탈의실에 빙 둘러앉아 기수복으로 갈아입고, 풀오버셔츠를 머리 위로 뒤집어쓰고 부츠를 신었다. 후끈한 열기로 가득 찬 실내에는 땀과 파스 연고 냄새가 진동했다. 구경꾼들은 창문으로 안쪽을 들여다보았다.

아버지는 바지를 입고 있던 조지 가드너 옆에 가서 앉더니 평상시와 같은 목소리로 "조지, 정보 좀 있어?" 하고 물었다. 조지가 말해줄 수도 있고 안 해줄 수도 있으니 은밀히 물어볼 필요가 없다고 생각했기 때문이었다.

"차르는 아니야." 조지가 몸을 숙여 바지 밑단 단추를 채우면서 아주 낮은 목소리로 말했다.

"그럼, 어느 놈이 이길 건데?" 아버지는 아무도 못 듣게 조지가까이 몸을 숙이며 속삭이듯 물었다.

"커큐빈! 혹시 그놈이 이기면 마권 몇 장만 챙겨줘." 조지가 말했다.

다시 아버지가 평상시 목소리로 무언가를 말하자 조지는 "절대 아무 말에나 베팅하지 마. 난 분명히 말했다!" 하고 농담처럼 말했다. 우리는 기수실 안을 들여다보려고 몰려든 수많은 사람 사이를 헤치고 100프랑짜리 마권 판매기로 서둘러 갔다. 하지만 조지가 차르의 기수였기 때문에 나는 뭔가 큰일이 벌어질 것임을 알아챘다. 아버지는 마권을 사기 전에 최종 배당률이 적힌 노란색 표 하나를 받았다. 차르는 10프랑에 5프랑으로 배당률이 0.5배*밖에 되지 않았고, 세피시도트는 3배, 다섯 번째 목록에 있는 커큐빈은 8배였다. 아버지는 커큐빈의 우승에 5천 프랑, 3위 안에 드는 것에 1천 프랑을 걸었다. 우리는 관중석 뒤쪽으로 계단을 올라가 경주를 지켜볼 자리를 잡았다.

관중석은 발 디딜 틈 없이 꽉 차 있었다. 맨 먼저 회색 중절모를 쓰고 손에 채찍을 쥔 긴 코트를 입은 남자가 나왔고, 이어서 마방 아이들이 양쪽에서 고삐를 잡고 걸어가는 말을 타고 기수들이 줄지어 따라 나왔다. 커다란 체구의 황갈색 말, 차르가 첫 번째로 나왔다. 처음에 언뜻 봤을 때는 그렇게 커 보이지 않았는데, 다리 길이와 전체적인 골격, 움직이는 동작을 보니 정말 대단했다. 세상에! 이 소리가 저절로 나오는 그런 말은 난생처음 보았다. 조지 가드너가 차르를 타고, 서커스단의 단장처럼 회색 중절모를 쓰고 걸어가는 남자의 뒤를 따라 천천히 이동했다. 차르 뒤에는 햇볕을 받아 부드럽고 노란 윤이 나는 토미 아치볼드가 탄 멋진 검은 말이 뒤따랐고, 그 뒤로 다섯 마리 말들이 천천히 줄지어 관중석 앞과 계량대를 지나갔다. 아버지는 멋진 검은색 말이 커큐빈이라고 했다. 자세히 보니 멋진 말이긴 했지만 차르와는 비교가 안 됐다.

차르가 관중석 앞을 지나갈 때 사람들은 너나 할 것 없이 환호성을 질렀다. 참으로 훌륭한 말이었다. 말들의 행렬은 경마장

---

* 우승 가능성이 큰 인기 있는 말일수록 배당률이 낮다.

중앙 잔디밭을 끼고 커다란 반원을 그리며 관중석 반대편까지 갔다가 경주로가 거의 끝나는 지점으로 나머지 반원을 그리며 돌아왔다. 서커스 단장처럼 보이던 남자가 마방 아이들에게 차례로 고삐를 놓아주라고 신호를 보냈다. 그러면 고삐 풀린 말들은 출발지점으로 향하면서 관중석 앞을 전속력으로 달려 지나가 사람들이 말의 상태를 잘 볼 수 있었다. 말들이 출발지점에 거의 도착하는 순간 징 소리가 울렸고, 관중은 작은 장난감 말들처럼 떼를 지어 경주로 안쪽라인으로 비스듬히 모여들며 질주를 시작하는 말들을 볼 수 있었다. 망원경으로 보이는 차르는 꽤 뒤처졌고, 암갈색 말이 선두를 달렸다. 말들은 빠르게 내려갔다가 반대편 트랙을 돌아서 다시 요란한 말발굽 소리를 내며 쏜살같이 우리 앞을 지나갔다. 차르는 훨씬 더 뒤처져 있었고, 커큐빈이라는 말이 선두그룹에서 부드럽게 달렸다. 우리 앞을 지나간 말들이 점점 더 멀어지고 작아지더니 커브를 돌면서 한 덩어리로 뭉쳤다가 마지막 직선 주로로 질주해 나오는 것을 보니, 생각지도 않게 막 욕지거리가 튀어나오면서 소름이 끼칠 정도로 흥분되었다. 드디어 마지막 코너를 돌고 직선 주로로 들어섰다. 커큐빈이 앞으로 치고 나와 선두를 지키고 있었다. 모두 어이없다는 표정을 지으며 절망스러운 듯 "차르!"를 외쳐댔고, 말들이 지축을 흔들며 직선 주로를 따라 점점 더 가까이 달려오던 바로 그 순간, 말 머리 모양의 노란 섬광 줄기 같은 것이 무리에서 튀어나와 망원경 속으로 들어왔다. 관중들은 미친 듯이 "차르!"를 외치기 시작했다. 차르는 지금까지 내가 본 어떤 말보다 빠르게 달려왔고, 기수가 죽도록 채찍질하면서 달릴 수 있는 한 가장 빠른 속도로 달리던 커큐빈을 따라붙었다. 둘은 아주 잠시 나란히 달리며 팽팽한 승부를 펼쳤지만, 차르가 큰 보폭과 머리를 내밀며 2배는 더 빠르게 달리는 것 같았고, 둘은 거의 동시에 결승선을 통과했다. 전광판에 번호가 올라갔을 때, 첫 번째는 2번이었다. 즉 커큐빈이 우승했다는 의미였다.

온몸이 떨리면서 묘한 느낌이 들었다. 우리는 모두 아래로 내려가 커큐빈의 배당금을 발표하는 게시판 앞으로 빼곡히 몰려갔다. 솔직히 나는 경주에 정신이 팔려서 아버지가 커큐빈에게 얼마를 걸었는지 까맣게 잊고 있었다. 차르가 이기길 진심으로 간절히 바랐으나 이제 경주는 끝났고, 우리가 돈을 건 말이 이겨서 기분이 좋았다.

"아빠, 정말 멋진 경주였죠?" 내가 물었다.

아버지는 중절모를 뒤통수에 걸친 채 약간 이상한 표정으로 나를 보면서 말했다. "조지 가드너는 정말 대단한 기수야. 차르가 이기지 못하도록 하는 일은 대단한 기수만 할 수 있거든."

물론 나도 그 점이 이상하다고 내내 생각했다. 그런데 아버지가 그렇게 말하자마자 기분이 확 나빠졌다. 전광판에 배당률이 게시되고 배당금 지급을 알리는 종이 울려 커큐빈의 배당금이

10프랑에 67.50프랑이라는 발표를 보았을 때도 전혀 신나지 않았다. 게시판 주위에 모여 있는 사람들은 "차르가 안됐어! 불쌍한 차르!" 하고 웅성거렸다. 나는 내가 기수였다면 저런 빌어먹을 놈 대신 차르를 탔을 텐데 하고 생각했다. 조지 가드너를 개자식이라고 생각하니 기분이 묘했다. 난 언제나 그를 좋아했고 게다가 우리에게 우승마를 알려줬기 때문이었겠지만, 어쨌든 조지는 그런 사람이니 욕 좀 먹어도 싸다.

그 경주 이후로 아버지는 돈을 많이 벌었고, 파리에도 더 자주 드나들었다. 트랑블레에서 경주를 보고 메종으로 돌아가는 날이면 우리는 파리 시내에서 차를 내렸고, 카페드라페의 노천 탁자에 앉아 지나가는 사람들을 구경하곤 했다. 거기 앉아 있으면 재미있었다. 끊임없이 사람들이 카페 앞을 지나다니고, 온갖 부류의 사람들이 다가와서 물건을 팔려고 했다. 나는 아버지와 함께 그곳에 앉아 있는 일이 정말 좋았다. 그때가 우리에게는 가장 즐겁게 지낸 시절이었다. 동그렇게 볼록 튀어나온 부분을 누르면 깡충 뛰는 웃기는 토끼 인형을 파는 남자들이 다가와 우리에게 말을 걸었고, 아버지는 그들과 농담을 주고받았다. 아버지는 영어만큼 프랑스어를 잘했고 금세 기수 티가 나는 사람이어서 장사치들은 아버지가 기수라는 것을 바로 알아챘다. 언제나 같은 자리에 앉아 있는 우리가 그들에게는 낯이 익었다. 결혼 광고가 가득 실린 신문을 파는 남자도 있었고, 꾹 누르면 수탉 모양의 무언가가 튀어나오는 고무로 만든 달걀을 파는 여자도 있었고, 파리 그림엽서를 들고 지나가며 사람들에게 보여주는 초라한 몰골의 늙은 남자도 있었다. 물론 아무도 엽서를 사지 않았는데, 그 남자는 다시 돌아와 엽서 묶음의 뒷면을 보여주곤 했다. 모두 음란한 엽서였다. 꽤 많은 사람이 슬며시 주머니를 뒤적거려 그걸 샀다.

좀 웃기는 사람들도 기억이 난다. 저녁 식사를 할 시간이 오면 밥을 사줄 사람을 구하는 여자애들이 나타나곤 했다. 여자애들이 말을 걸면 아버지는 프랑스어로 농담을 했다. 그러면 여자애들은 귀엽다는 듯 내 머리를 쓰다듬고 지나갔다. 한번은 미국 여자가 어린 딸과 함께 우리 옆자리에 앉아 아이스크림을 먹었다. 나는 여자아이를 계속 쳐다보았다. 보면 볼수록 예쁘기 짝이 없어 미소를 지었더니 그 애도 내게 미소를 지어 보였다. 그게 전부였다. 나는 그 아이에게 말을 걸 방법을 생각해놓고, 친해지면 그 아이의 어머니가 오퇴유나 트랑블레로 함께 경마를 보러 가게 허락해줄지 궁금해하면서 매일같이 두 모녀를 찾았지만, 결국 나타나지 않았다. 어쨌든 돌이켜보니 말을 걸 때 가장 좋다고 내가 기껏 생각해둔 문장이라고 해야 이런 것이었다. "있잖아요, 혹시 오늘 엉기엥 경마장에서 우승할 말을 알려드릴까요?" 그래봤자 그 애는 내가 진짜로 우승마를 가르쳐준다기보다 호객꾼일 거라고 넘겨버렸을 테고, 결국 아무 소용이 없었을 것이다.

아버지와 나는 카페드라페에 가서 둘이서 앉아 있곤 했다. 우리는 웨이터와 친한 사이였다. 한 잔에 5프랑이나 하는 위스키를 마시고는 나중에 아버지가 술잔 수를 계산해 팁을 짭짤하게 주었기 때문이다. 내가 보기에 아버지는 어느 때보다도 술을 많이 마셨다. 그러면서 이제는 말을 전혀 타지 않을 뿐만 아니라, 말을 탄다고 하더라도 위스키가 체중을 줄이는 데 도움이 된다고 말했다. 그러나 아버지의 체중은 눈에 띄게 늘고 있었다. 메종 경마장의 옛 동료들과 사이가 틀어진 듯 보이는 아버지는 나와 함께 넓은 대로변에 앉아 있기를 더 좋아하는 것 같았다. 아버지는 날마다 경마장에 가서 돈을 잃었다. 마지막 경주가 끝나고 돈을 다 잃은 날이면 카페드라페에 갈 때까지 풀이 죽어 있다가도, 우리 탁자에 앉아 위스키 첫 잔을 마시고 나면 다시 기분이 좋아졌다.

아버지는 〈파리스포츠〉를 읽다가 신문 너머로 나를 쳐다보며 물었다. "조, 네 여자 친구는 어디 있니?" 예전에 우리 옆 테이블에 앉았던 미국 여자애 이야기를 구실 삼아 나를 놀리곤 했다. 그때마다 나는 얼굴이 빨개졌지만, 그래도 그런 놀림이 싫지만은 않았다. 공연히 기분이 좋았다. "조, 눈을 부릅뜨고 잘 찾아봐. 다시 올 거야."

아버지는 내게 이것저것 묻곤 했으며, 때로는 내 대답을 듣고 웃기도 했다. 그러다가 이런저런 이야기를 들려주곤 했다. 이집

트에서 말을 탔던 이야기, 어머니가 돌아가시기 전 스위스 생모리츠의 빙판 위에서 경주하던 이야기, 그 밖에도 전쟁 중 프랑스남부에서 상금, 베팅, 관중 등 그야말로 아무것도 없이 순전히 종려마의 품종 유지를 위해 정기적으로 경마가 열리던 시절, 기수들이 말을 타고 사정없이 질주했던 정식 경마대회 이야기 같은것이었다. 특히 술을 두어 잔 걸친 뒤에는 몇 시간이고 한없이 이야기가 이어졌다. 너구리를 잡으러 다녔던 켄터키의 어린 시절이야기라던가, 모든 것이 엉망이 되기 이전의 옛날 미국 생활에관해 이야기해주곤 했다. 그러고는 이렇게 말했다.

"조, 우리가 돈을 넉넉히 벌면 미국으로 돌아갈 테고 넌 학교에 갈 거야."

"모든 게 엉망이라면서 뭐하러 미국까지 가서 학교에 다녀요?"

"그건 다른 거야." 아버지는 그렇게 말하고 웨이터를 불러 술값을 계산했고, 우리는 택시를 타고 생라자르 역으로 가서 메종으로 가는 기차를 탔다.

어느 날 오퇴유에서 장애물 경주가 끝난 뒤 열린 경매에서 아버지는 우승마를 3만 프랑에 샀다. 그 말을 사기 위해서는 조금더 값을 올려 불러야 했지만, 그래도 결국 마방에서 말을 건네받았다. 일주일도 되지 않아 허가증과 의장이 나왔다. 아버지가 경주말 주인이 되었다는 것이 얼마나 자랑스러웠는지! 아버지는찰스 드레이크와 함께 마방 자리를 계약했고, 파리로 가던 발길을 딱 끊었다. 그는 다시 달리기와 줄넘기를 시작했고 체중을 조절했다. 우리 마방 식구는 아버지와 나 단둘이 전부였다. 우리 말이름은 길포드였다. 아일랜드에서 태어난 멋진 장애물 경주 말이었다. 아버지는 길포드를 직접 조련해 경마에 나가는 것이 좋은 투자라고 생각했다. 나는 모든 것이 자랑스러웠고, 길포드도차르만큼이나 좋은 말이라고 여겼다. 길포드는 튼튼하고 점프를잘하는 암갈색 말이었고, 평지에서도 빠른 속도를 낼 수 있었다.생김새까지 나무랄 데 없었다.

나는 길포드를 정말 좋아했다. 아버지를 태우고 처음 출전한2,500미터 장애물 경주에서 3등을 했다. 땀에 흠뻑 젖은 아버지가 시상대 구역에서 기쁜 표정으로 길포드의 등을 내려와 체중을 재러 들어갈 때, 경주에서 처음 입상한 것처럼 자랑스러웠다.기수는 오랫동안 말을 타지 않으면 자신이 기수였다는 사실을스스로 믿지 않는 법이다. 하지만 이제 모든 것이 달라졌다. 밀라노에서는 제법 상당한 경주에 나가 우승했어도 아버지는 전혀기뻐하거나 흥분한 적이 없었지만 이제는 경기 전날 밤에는 잠을 거의 못 이룰 만큼, 비록 내색하지는 않아도 흥분하고 있다는것을 알 수 있었다. 자기 말을 타고 경주에 나간다는 것 자체가엄청나게 다른 일이었다.

길포드와 아버지가 두 번째로 출전한 날은 비가 내리는 일요일이었다. 오퇴유에서 열린 마라 그랑프리 4,500미터 장애물 경주었다. 아버지가 마장을 나가자마자 나는 아버지가 사준 새 쌍안경을 들고 관중석으로 서둘러 뛰어 올라갔다. 선수들은 코스 맨 끝에서 출발했는데 장애물에 문제가 생겼다. 눈가리개를 쓴 말이 앞발을 들고 길길이 뛰며 유난스레 소란을 피우다가 장애물 벽을 부수는 모습이 보였다. 우리 마방의 상징인 흰색 십자가가 있는 검은색 재킷에 검은 모자를 쓴 아버지가 길포드 위에 앉아 손으로 말을 다독이는 모습을 볼 수 있었다. 말들은 쏜살같이 출발해 장애물을 훌쩍 뛰어넘고 나무들 뒤로 사라졌고, 출발 신호 징 소리가 요란하게 울려 퍼졌으며, 마권 발매기 개찰구가 덜컹거리며 닫혔다. 너무 흥분한 나머지 더 지켜보기가 겁났지만, 나무들 뒤로 사라졌던 말들이 다시 달려 나올 곳에 망원경 초점을 맞췄다. 그러자마자 말들이 튀어나왔다. 오래된 검은색 재킷을 입은 아버지와 길포드는 3등으로 달리고 있었다. 모두 새가 하늘을 날 듯 장애물을 훌쩍 뛰어넘었다. 그런 다음 말들은 다시 시야에서 사라졌다. 또다시 땅이 무너지는 듯한 소리를 내며 말들이 언덕을 힘차게 달려 내려오더니, 한 무리를 이루어 부드럽고 쉽게 울타리를 넘어 멀어져갔다. 등이라도 밟고 걸을 수 있을 만큼 말들은 한데 뭉쳐 순조롭게 달리고 있었다. 그런 다음 말들은 배를 쭉 내밀며 커다란 이중 장애물 위로 뛰어올랐는데, 그중 한 마리가 장애물에 걸려 넘어졌다. 어느 말인지는 보이지 않았지만, 그 말은 곧바로 일어나서 다시 질주하기 시작했다. 필드에는 말들이 여전히 한데 뭉친 채로 긴 왼쪽 코너를 쓸듯이 휘감아 돌아 미끄러지듯 직선 주로로 들어섰다. 말들은 돌담 장애물을 뛰어넘어 관중석 바로 앞에 있는 커다란 물웅덩이 장애물을 향해 직선 주로가 꽉 차게 어깨를 나란히 겯고 빠르게 다가왔다.

말들이 다가오는 모습을 보며 나는 "아빠!" 하고 소리 높여 불렀다. 아버지는 간발의 차로 선두를 지키며 원숭이처럼 가벼운 몸놀림으로 물웅덩이 장애물을 향해 질주했다. 말들은 무리를 지어 한꺼번에 커다란 물웅덩이 장애물의 울타리를 뛰어넘었다. 그 순간 요란한 소리가 났다. 말 두 마리는 옆으로 빠져나가 계속 달렸고, 세 마리는 고꾸라지며 켜켜이 포개졌다. 아버지 모습은 보이지 않았다. 한 마리가 무릎으로 일어나자 기수는 고삐를 잡고 다시 말에 올라타고는 3등 상금을 향해 쏜살같이 달려갔다. 다른 한 마리는 혼자 일어나 머리를 흔들며 고삐를 늘어뜨린 채 달려갔고, 기수는 비틀거리다가 트랙 한쪽 울타리로 쓰러졌다. 그때 길포드가 아버지 옆으로 몸을 굴리며 일어나더니 부러진 발굽을 대롱 매단 채 세 발로 달리기 시작했다. 아버지는 얼굴을 위로 향한 채 잔디밭에 누워 있었다. 머리 옆쪽이 온통 피투성이였다. 나는 관중석 아래로 뛰어 내려가 사람들을 헤치며 난간까지 갔다. 경찰관이 나를 잡고 놓아주지 않았다. 커다란 들것을 든 두 사람이 아버지를 향해 달려가고 있었다. 관중석에서 멀리 떨어진 반대편에서는 말 세 마리가 나무 사이를 빠져나와 장애물을 뛰어넘는 것이 보였다. 아버지가 들것에 실려 의무실로 들어왔을 때는 이미 숨이 끊어진 뒤였다. 의사가 무언가를 귀에 꽂고 아버지의 심장 소리를 듣고 있을 때 트랙에서 총성이 들려왔다. 총성은 길포드를 사살했다는 의미였다. 들것을 병실로 옮길 때, 나는 들것에 매달린 채 아버지에게 엎드려 하염없이 울었다. 너무나 창백한 아버지는 아주 끔찍하게 죽은 모습이었다. 그 와중에도 나는 아버지가 죽었으니 길포드를 총으로 쏘지 않아도 되었으리라는 생각이 끊임없이 들었다. 길포드의 발굽은 괜찮아질지도 모를 일이었다. 모르겠다. 난 아버지를 정말 사랑했다.

잠시 후 남자 둘이 병실로 들어왔다. 남자 하나가 내 등을 토닥거리고 아버지를 살펴보더니, 침대에 덮여 있던 시트를 끌어당겨 아버지를 덮어주었다. 다른 남자는 아버지를 메종으로 데려갈 구급차를 보내달라고 프랑스어로 전화하고 있었다. 나는 울고 또 울다가 숨이 차올랐는데도 울음을 멈출 수 없었다. 조지 가드너가 들어와 내 옆으로 다가와 병실 바닥에 앉아 나를 팔로 감싸며 말했다. "조, 기운 내자. 그만 울고 일어나. 나가서 구급차를 기다려야지."

조지와 나는 게이트로 나갔다. 나는 복받치는 울음을 참으려고 애썼지만, 눈물이 흘러내렸다. 조지가 손수건으로 내 얼굴을 닦아주었다. 사람들이 출구를 빠져나가는 동안 우리는 조금 거리를 두고 뒤편에 서 있었다. 사람들이 출구를 다 빠져나가기를 기다리는데 남자 둘이 가까운 곳에 멈춰 섰다. 그중 한 남자가 마권 다발을 세며 말했다.

"음, 버틀러는 두둑하게 한몫 챙겼을 거야."

"그놈이 챙겼든 말든 알 게 뭐야, 그 사기꾼 자식! 자기가 던진 돌에 자기가 맞은 거라고." 다른 남자가 말했다.

"그래, 자업자득이지." 남자는 동의하며 손에 들고 있던 마권 뭉치를 반으로 찢었다.

내가 이 말을 들었을까 봐 조지 가드너는 내 눈치를 살피며 말했다 "조, 저 양아치들 얘기는 신경 쓰지 말아라. 아버지는 정말 대단한 분이셨어."

하지만 모르겠다. 일단 험담을 시작하면 사람들은 험담 대상에게 아무것도 남기지 않는 것 같다.

CHAPTER XIV

마에라는 두 팔에 얼굴을 묻고 모랫바닥에 가만히 누워 있었다. 흘러나오는 피가 따뜻하고 끈적하게 느껴졌다. 마에라는 매번 황소의 뿔이 다가오는 것을 느꼈다. 가끔 황소는 머리로만 들이 박았다. 한 번은 뿔이 몸을 뚫고 나가 모래 속까지 들어가는 것을 느꼈다. 누군가 황소의 꼬리를 잡고 있었다. 그들은 욕설을 퍼부으며 황소 얼굴 바로 앞에서 빨간 망토를 흔들어댔다. 그제야 황소가 물러났다. 서너 사람이 마에라를 안아 들고 투우장 보호 장벽 쪽으로 달려 특별관중석 아래로 이어지는 통로를 지나 의무실로 뛰어갔다. 마에라를 간이침대에 눕히고는 남자 하나가 의사를 부르러 달려나갔다. 다른 사람들은 마에라 옆에 그대로 서 있었다. 의사는 기마 투우사가 타는 말의 상처를 꿰매고 있던 마구간에서 달려왔다. 의사는 멈춰 서서 손을 씻어야 했다. 머리 위 관중석에서는 떠나갈 듯한 환호성이 들렸다. 마에라는 뭔가 말하고 싶었지만 목소리가 나오지 않았다. 마에라는 만물이 점점 더 커졌다가 점점 작아졌고, 다시 걷잡을 수 없이 커졌다가 또 한 없이 작아지는 걸 느꼈다. 그러면서 영화 필름을 빠르게 감을 때처럼 소용돌이치듯 빙글빙글 돌았다. 그러다가 숨이 끊어졌다.

두 개의 심장을 가진 큰 강 1

Big Two-Hearted River Part Ⅰ

기차는 선로를 따라 계속 올라가다가 불에 탄 나무들이 있는 언덕 하나를 돌며 사라졌다. 닉은 수화물 담당자가 문밖으로 던져 놓은 야영 장비와 침구 꾸러미 위에 주저앉았다. 마을이 없어진 자리에는 철길과 불에 타버린 황량한 대지뿐이었다. 세니*의 중심가에 늘어서 있던 술집 열세 군데는 온데간데없이 사라졌다. 맨션 하우스 호텔이 있던 자리에는 주춧돌만 남았다. 돌은 불에 그을리고 갈라져 있었다. 세니 중심가에 남은 것이라곤 그게 전부였다. 대지조차 검게 그을려 마을의 흔적조차 없었다.

닉은 띄엄띄엄 흩어진 마을의 집들이 있을 거라고 기대했던 불타버린 언덕을 바라보았다. 닉은 기찻길을 따라 강을 가로지르는 다리까지 걸어갔다. 강은 여전히 그 자리에 있었다. 다리를

---

* 미국 북부 미시간주의 작은 마을. 1881년에 철도 정류장이 세워지며 벌목회사들이 백송을 벌목하기 위해 이주하기 시작했는데 3,000명까지 급격히 늘었던 인구가 20세기 말까지 지속된 지나친 벌목과 화재로 소나무 숲이 거의 사라지자 급감했다.

받치는 통나무 기둥에 부딪히며 강물이 소용돌이쳤다. 닉은 바닥에 깔린 자갈로 인해 갈색으로 물든 맑은 강물을 들여다보며, 연신 지느러미를 흔들어 물살에 휩쓸리지 않고 유유히 떠 있는 송어들을 지켜보았다. 송어들은 재빨리 각도를 틀어 위치를 바꾸고는 이내 다시 빠른 물살 속에 몸을 고정한 채 버티고 있었다. 닉은 한참 동안 송어들을 응시했다.

통나무 교각을 굽이치는 물살 때문에 볼록한 렌즈같이 매끄럽게 부풀어 오른 물웅덩이의 수면을 통해 송어 한 떼가 깊고 빠른 물살에 주둥이를 들이대고 몸을 지탱하고 있는 모습이 살짝 굴절되어 보였다. 큰 송어들은 바닥에 있었다. 처음엔 알아채지 못했다. 그러다가 바닥에 있는 큰 송어들을 보았다. 그것들은 물살이 간헐적으로 일으키는 자갈과 모래의 아른거리는 안개 속에서 자갈 바닥에 붙어 자세를 고정하려고 애쓰고 있었다.

닉은 다리에 서서 강을 내려다보았다. 무더운 날이었다. 물총새 한 마리가 물살을 거슬러 날아 올라갔다. 닉이 이렇게 강물 속을 들여다보고 송어를 발견하는 일은 실로 오랜만이었다. 더할 나위 없이 좋았다. 물총새의 그림자가 물살을 거슬러 움직이자 커다란 송어 한 마리가 길게 비스듬히 물살을 가르며 상류로 휙 튀어올랐다. 오직 그림자만 그 움직임을 따라갔으나 송어가 수면을 뚫고 나오며 햇빛을 받는 순간 그림자마저 사라졌다. 송어가 다시 수면 아래로 내려가자 그림자는 아무런 저항도 없이 물살을 타고 개울 아래로 둥둥 떠내려갔다. 마침내 그림자는 송어가 다리 밑 자기 자리에서 물살을 마주하며 몸을 단단히 고정하는 곳까지 함께 흘러내려 갔다.

송어가 움직이자 닉의 가슴이 벅차올랐다. 예전의 감정이 모두 되살아났다.

닉은 고개를 돌려 강 하류를 바라보았다. 강은 멀리 뻗어 있었다. 바닥에 자갈이 깔린 얕은 여울, 큼직한 바위들, 그리고 깊은 웅덩이가 있었다. 강물은 깎아지른 듯한 절벽 아래를 굽이치며 흘렀다.

닉은 침목 위를 걸어 기찻길 옆 재 위에 놓아둔 배낭을 가지러 되돌아갔다. 닉은 행복했다. 짐꾸러미를 배낭끈으로 두르고 끈을 단단히 조인 다음 어깨끈 사이로 팔을 끼워 배낭을 둘러메고 나서, 어깨의 무게를 조금 덜어내기 위해 텀프 라인(이마에 거는 밴드)의 넓은 띠를 이마에 걸었다. 그래도 여전히 무거웠다. 정말 너무 무거웠다. 닉은 가죽 낚싯대 케이스를 손에 들고 배낭의 무게를 어깨로 지탱하려고 앞으로 몸을 숙인 채, 기찻길과 나란히 뻗은 길을 따라 걸어갔다. 불타버린 마을을 뜨거운 열기 속에 뒤로하고, 고갯길을 돌아 양쪽에 불에 그을린 흔적이 있는 높은 산등성이 사이를 지나 다시 자연 속으로 이어지는 길로 접어들었다. 닉은 무거운 배낭 때문에 통증을 느끼며 길을 걸었다. 계속 오르막길이었다. 힘이 들고 근육이 아팠다. 날은 무더웠다. 하지만 행복했다. 생각할 일과 글로 써두어야 할 일, 그리고 다른 욕구를 모두 훌훌 털어버린 듯했다. 모든 것으로부터 해방된 기분이었다.

기차에서 내린 닉에게 수화물 담당자가 기차 밖으로 짐을 던져준 그때부터 모든 것이 달라졌다. 세니는 불타버렸고 마을은 잿더미로 변해버렸지만 대수롭지 않았다. 불이라도 모든 것을 태울 수는 없다는 걸 닉은 알고 있었다. 그는 작열하는 햇볕 아래 땀을 흘리며 철길과 소나무 들판을 가르는 언덕 능선을 따라 계속 올라갔다.

간혹 내리막이 있었지만, 줄곧 오르막길이었다. 닉은 계속 올라갔다. 불타버린 산비탈을 따라 그림자처럼 나란히 이어지던 길이 마침내 꼭대기에 다다랐다. 닉은 그루터기에 기대어 배낭을 벗었다. 앞에는 소나무 평원이 끝없이 펼쳐졌다. 불에 탄 지역은 왼쪽 언덕 능선에서 끝이 났고, 그 앞으로 검게 그을린 소나무들이 들판 위에 섬처럼 우뚝 솟아 있었다. 왼쪽 저 멀리 강줄기가 보였다. 닉은 강줄기를 따라 시선을 옮기다가 햇살에 반짝이는 강물을 발견했다.

저 멀리 슈페리어호수의 분수령을 표시하는 푸른 언덕들이 나타날 때까지, 앞쪽에는 소나무 평원이 펼쳐져 있었다. 닉은 평원 위로 내리쬐는 뜨거운 햇살 아래서 멀리 떨어져 희미한 분수령을 거의 볼 수 없었다. 눈을 가늘게 뜨고 자세히 볼라치면 언덕들이 사라졌다. 하지만 대충 얼핏 보면 까마득한 분수령의 언덕들이 거기 있었다.

닉은 검게 그을린 그루터기에 기대앉아 담배를 피웠다. 등에 눌려 움푹 들어간 자국이 선명한 배낭은 언제든 다시 멜 준비가 된 상태로 그루터기 위에 놓여 있었다. 닉은 앉아서 담배를 피우며 주변 풍경을 바라보았다. 지도를 꺼낼 필요도 없었다. 강의 위치만으로도 어디에 있는지 알기에 충분했다.

닉은 다리를 앞으로 길게 뻗고 앉아 담배를 피우다가 메뚜기 한 마리가 양말 위로 기어 올라오는 것을 보았다. 검은색 메뚜기였다. 언덕길을 따라 걸어 올라오는 동안에도 메뚜기들은 땅에서 튀어나왔다. 모두 검은색이었다. 날아오를 때 검은 날개집에서 휙 펼쳐지는 날개가 노랗고 검거나 붉고 검으며 몸집이 커다란 메뚜기가 아니었다. 그저 평범한 메뚜기였는데 모두 검었다. 닉은 걸으면서 별다른 생각 없이 그 이유가 궁금했다. 사방으로 난 입술로 모직 양말의 올을 갉아 먹는 검은 메뚜기를 유심히 바라보다가 닉은 메뚜기들이 불에 그슬린 땅에서 살다가 온통 검게 변했다는 사실을 깨달았다. 화재는 작년에 일어났어도 메뚜기들의 색깔은 이제야 온통 검게 변했던 것이다. 닉은 메뚜기들이 언제까지 저렇게 검은색으로 남아 있을지도 궁금했다.

닉은 조심스레 아래로 손을 뻗어 메뚜기의 날개를 살며시 잡았다. 허공을 향해 다리를 버둥대는 메뚜기를 들어 올리고 닉은 마디진 배를 살펴보았다. 역시 검은색이었다. 먼지가 묻은 등과 머리는 무지갯빛을 띠며 반짝였다.

"가라, 메뚜기야. 어디로든 날아가." 닉은 처음으로 소리를 내어 말했다.

메뚜기를 공중으로 던져 올린 그는 길 건너 검게 탄 그루터기까지 바람에 실려 가듯 경쾌하게 날아가는 메뚜기의 모습을 지켜보았다.

닉은 자리를 털고 일어났다. 그루터기 위에 똑바로 세워둔 배낭에 등을 대고 어깨끈 사이로 팔을 끼웠다. 닉은 배낭을 멘 채 언덕마루에 서서 저 멀리 넓은 들판 끝에 보이는 강을 바라보았다. 그러고 나서 올라왔던 길을 벗어나 산비탈을 따라 내려가기 시작했다. 발아래 밟히는 땅은 걷기 좋았다. 200미터쯤 산비탈을 따라 내려갔을 때 산불이 번진 경계선이 끝났다. 거기서부터는 발목 높이로 자란 양치식물 수풀을 헤치며 나아갔고 방크스소나무 군락을 지나야 했다. 오르막과 내리막이 물결치듯 구릉을 이루는 지형이었다. 모래가 발밑에서 거치적거렸고 땅은 다시 생기로 가득했다.

닉은 태양을 나침반 삼아 방향을 잡았다. 닉은 강 어디로 가고 싶은지 알고 있었다. 소나무 평원을 가로질러 계속 걸어가면서 작은 능선에 올라 앞에 있는 다른 능선을 확인도 하고, 때로는 능선 꼭대기에서 오른쪽이나 왼쪽에 있는 섬처럼 솟은 거대한

소나무 숲들을 바라보기도 했다. 닉은 향기가 나는 어린 양치식
물 몇 가지를 꺾어 배낭끈 아래에 끼워 넣었다. 가지에 달린 이파
리들이 배낭끈에 쓸리면서 으스러졌고, 닉은 걸으면서 그 향기
를 맡았다.

　울퉁불퉁하고 그늘 하나 없는 소나무 평원을 걷는 동안 닉은
지쳤고 더웠다. 강은 2킬로미터도 채 안 되는 거리에 있었다. 언
제든지 왼쪽으로 방향을 틀면 강에 닿을 수 있었지만, 닉은 해지
기 전까지 걸어서 닿을 수 있는 강의 가장 상류까지 가기 위해 계
속 북쪽으로 나아갔다.

　한참을 걷는 동안 닉은 자신이 지나가고 있는 구불구불한 고
지대 너머로 우뚝 솟은 거대한 소나무 숲 하나를 발견하고 이정
표로 삼아 걸어갔다. 낮은 지형으로 내려갔다가 산등성마루에
다다르자 거기서 방향을 돌려 소나무 숲 쪽으로 향했다.

　소나무 숲에는 키 작은 덤불이나 잡목이 없었다. 나무줄기는
위로 반듯하게 뻗었거나 서로 기대려는 듯 기울어져 있었다. 곧
고 가지 없는 나무줄기는 갈색이었다. 가지들은 나무의 훨씬 위
쪽에 달려 있었다. 어떤 가지들은 서로 얽혀 갈색 숲 바닥에 짙은
그림자를 드리웠다. 소나무 숲 주변은 아무것도 없는 공간이었
다. 그 위를 걸을 때 발밑은 갈색이었고 푹신했다. 높은 곳에 뻗
은 나뭇가지의 경계 너머까지 바닥에 솔잎이 겹겹이 쌓여 있었
다. 나무들의 키가 자라고 가지가 점점 높게 올라가면서 한때는

그늘로 덮였던 빈터에 햇볕이 들었다. 숲 바닥 언저리 끝부터 양치식물 덤불이 시작되었다.

닉은 배낭을 벗고 나무 그늘에 누웠다. 바닥에 등을 대고 누워 소나무를 올려다보았다. 기지개를 켜자 목과 등과 허리가 시원해졌다. 등에 닿는 흙의 느낌이 좋았다. 닉은 나뭇가지 사이로 하늘을 쳐다보다가 눈을 감았다. 다시 눈을 뜨고 하늘을 올려다보았다. 높은 나뭇가지 사이로 바람이 지나갔다. 눈이 감겼다. 그러고 잠이 들었다.

닉은 온몸이 뻐근하고 저린 느낌으로 잠에서 깼다. 해가 거의 다 저물어가고 있었다. 배낭은 무거웠고 어깨끈을 메자 짜릿한 통증이 느껴졌다. 배낭을 등에 지고 몸을 앞으로 숙여 가죽 낚싯대 케이스를 집어 들었다. 닉은 소나무 숲을 벗어나 양치식물이 무성한 습지를 가로질러 강으로 향했다. 강까지는 이제 3킬로미터도 채 남지 않았을 터였다.

닉은 밑동만 남은 나무들로 빼곡한 언덕 비탈을 내려와 풀밭으로 들어섰다. 풀밭 가장자리에는 강이 흐르고 있었다. 강에 다다른 것이 기뻤다. 풀밭을 가로질러 상류로 걸었다. 걷는 동안 바지가 이슬에 젖어 축축해졌다. 무더웠던 하루의 끝에 다량의 이슬이 빠르고 무겁게 내려앉았다. 강물은 소리 없이 흘렀다. 아주 빠르고 잔잔하게 흘렀다. 높은 지대로 올라가 텐트를 치기 전에 닉은 풀밭 가장자리에서 강을 내려보다가 수면 위로 솟아오르는

176

송어들을 보았다. 송어 떼는 해가 질 무렵 강 건너편 늪지에서 나온 곤충을 잡아먹으려고 수면 밖으로 튀어 올랐다. 닉이 강줄기에 접한 좁은 풀밭을 따라 걷는 동안 송어들은 물 밖으로 높이 뛰어오르고 있었다. 강을 내려다보니 벌레들이 수면에 내려앉고 있는 것이 분명했다. 길게 뻗은 강 하류부터 닉의 시선이 닿는 데까지 송어들이 마구 솟아올라 마치 비가 내리기 시작한 것처럼 수면 전체에 동그란 원을 만들었다.

소나무가 우거지고 모래가 뒤섞인 땅은 점점 높아졌고 풀밭과 강의 일부, 그리고 늪지가 내려다보였다. 닉은 배낭과 낚싯대 케이스를 내려놓고 평평한 땅을 찾았다. 심하게 허기가 졌지만, 식사를 준비하기 전에 텐트부터 먼저 치고 싶었다. 방크스소나무 두 그루 사이에 적당하게 평평한 땅이 있었다. 닉은 배낭에서 손도끼를 꺼내 툭 튀어나온 뿌리 두 개를 찍어 잘라냈다. 그랬더니 누워서 잠을 자기에 충분할 만큼 땅이 넓고 평평해졌다. 닉은 손으로 모래흙을 평평하게 다듬고 나서 거기에 있는 양치식물 덤불을 뿌리째 뽑았다. 손에서 양치식물의 달콤한 냄새가 났다. 닉은 뿌리를 뽑아낸 땅을 손으로 고르게 다듬어 담요 밑에 배기는 것이 없도록 했다. 땅이 골라지자 닉은 담요 세 장을 펼쳤다. 하나는 두 겹으로 접어 땅 위에 깔고, 나머지 두 장은 그 위에 덮었다.

닉은 도끼로 그루터기 하나에서 싱싱한 죽대기를 잘라내어 텐트용 쐐기를 만들었다. 땅에 단단히 고정할 수 있도록 길고 단단한 말뚝이 필요했다. 텐트의 포장을 풀고 바닥에 펼치니 방크스소나무에 기대어 있는 배낭이 훨씬 작아 보였다. 닉은 텐트 들보로 사용하는 밧줄을 소나무 한 그루의 줄기에 묶고, 다른 쪽 끝을 당겨 텐트를 들어 올리고 반대편에 있는 다른 소나무에 묶었다. 텐트는 빨랫줄에 걸린 캔버스 담요처럼 밧줄에 매달려 있었다. 닉은 미리 잘라놓은 막대를 텐트 뒤쪽 버팀목 밑에 꽂은 다음, 옆면에 나무쐐기를 박아 텐트의 틀을 만들었다. 그러고 나서 측면을 팽팽하게 고정하고 나무쐐기를 깊숙이 박은 다음 도끼의 납작한 면으로 내려쳤다. 밧줄 고리가 매몰되고 텐트가 북처럼 바짝 죄어질 때까지 나무쐐기를 땅에 박아넣었다.

닉은 모기가 들어오지 않도록 터진 텐트 입구에 치즈천*을 달았다. 그다음 배낭에서 꺼낸 여러 가지 물건을 들고 모기장 아래로 기어들어 비스듬한 텐트 지붕 밑, 침상 머리맡에 놓았다. 텐트 안으로 갈색 캔버스 천을 통과해 희미한 빛이 들어왔다. 캔버스 천에서 기분 좋은 냄새가 났다. 벌써 뭔가 신비로우면서도 집처럼 편안한 느낌이 들었다. 텐트 안으로 기어들어 가는 순간 닉은 행복했다. 닉은 하루 종일 불행하지 않았다. 이것은 또 다른 느낌이었다. 이제 다 끝났다. 해야 할 일은 바로 이것이었다. 이

---

* 치즈 짤 때 쓰는 구멍이 촘촘한 무명천.

제 그 일을 끝냈다. 힘든 여정이었다. 무척 피곤했다. 이제 피곤마저도 끝이었다. 텐트를 쳤고, 자리를 잡았다. 이제는 아무것도 그를 괴롭힐 수 없었다. 야영하기 좋은 곳이었다. 닉은 이곳, 행복한 곳, 자신이 만든 집에 있었다. 허기가 졌다.

닉은 치즈천 아래를 기어 밖으로 나왔다. 밖은 이미 어두웠다. 텐트 안이 더 밝았다.

닉은 배낭을 찾아 손가락으로 안을 더듬어 맨 밑바닥에 있는 종이봉투 안에서 기다란 못 하나를 찾아냈다. 못을 소나무에 대고 손으로 단단히 쥔 다음, 손도끼의 납작한 면으로 부드럽게 내리쳐 박아넣고 그 못에 배낭을 걸었다. 모든 보급품이 배낭 안에 들어 있었다. 배낭 안 물품은 땅을 벗어나 안전하게 공중에 보관되었다.

닉은 배가 고팠다. 이렇게 배고팠던 적은 한 번도 없었다고 생각했다. 닉은 돼지고기와 콩이 든 통조림과 스파게티 통조림을 따서 프라이팬에 쏟았다.

"내가 기꺼이 짊어지고 다녔으니까 이 음식을 먹을 권리가 있고말고." 닉이 말했다. 어두워지는 숲속에서 그의 목소리가 낯설게 들렸다. 그는 더는 말을 하지 않았다.

그는 소나무 그루터기를 손도끼로 잘라 만든 조각으로 불을 지폈다. 불 위에 석쇠를 올려놓고 네 다리를 부츠로 눌러 땅에 고정했다. 그런 다음 달궈진 석쇠 위에 프라이팬을 올려놓았다. 배가 점점 더 고파졌다. 콩과 스파게티가 데워졌다. 그것들을 한데 섞으며 저었다. 작은 거품이 힘겹게 표면으로 솟아오르며 음식이 끓기 시작했다. 맛있는 냄새가 났다. 닉은 토마토케첩 한 병을 꺼내고, 빵을 네 조각으로 잘랐다. 이제 작은 거품이 점점 더 빨리 올라오기 시작했다. 닉은 불 옆에 앉아 프라이팬을 들어 올려 내용물을 절반쯤 양철 접시에 쏟았다. 접시에 내용물이 천천히 퍼져나갔고 아주 뜨거워 보였다. 그 위에 토마토케첩을 살짝 뿌렸다. 콩과 스파게티는 아직 너무 뜨거웠다. 그는 그걸 알고 있었다. 그는 불을 한 번 바라보았다가 텐트를 한 번 바라보았다. 혀를 데어 이 모든 순간을 망치고 싶지 않았다. 지난 수년 동안 바나나튀김이 식을 때까지 기다릴 수 없었던 탓에 닉은 바나나튀김을 제대로 즐겨보지 못했다. 그의 혀는 매우 민감했다. 몹시 배가 고팠다. 강 건너편 습지대의 희미한 어둠 속에서 물안개가 피어오르고 있었다. 닉은 다시 한번 텐트를 바라보았다. 자, 이제 됐다! 그는 접시에서 음식을 한 숟가락 가득 떠 입에 넣었다.

"맙소사. 기가 막히게 맛있네!" 닉이 행복에 겨운 목소리로 말했다.

닉은 한 접시를 싹싹 비우고 나서야 빵 생각이 났다. 두 번째 접시는 빵을 곁들여 먹었고, 접시가 반짝해질 정도로 빵으로 닦아가며 마지막 한 방울까지 먹어 치웠다. 닉은 세인트이그너스의 기차역 식당에서 커피 한 잔과 햄샌드위치를 먹은 이후로 아

무젓도 먹지 못했다. 아주 좋은 경험이었다. 전에도 이렇게 배고
픈 적은 있었지만, 이런 식으로 배를 채운 적은 없었다. 원하기만
했다면 몇 시간 전에도 캠프를 차릴 수 있었다. 강가에는 야영하
기에 좋은 장소가 얼마든지 있었다. 하지만 여기, 지금 이곳이 제
일 좋았다.

닉은 석쇠 밑에 커다란 소나무 조각 두 개를 집어넣었다. 불
이 활활 타올랐다. 커피 끓일 물을 떠오는 것을 깜빡했다. 그는
배낭에서 캔버스 천으로 된 접이식 들통을 꺼내 언덕을 내려가
풀밭 가장자리를 가로질러 강으로 걸어갔다. 건너편 둑은 하얀
안개 속에 싸여 있었다. 강둑에 무릎을 꿇고 캔버스 들통을 강물
에 담갔을 때 젖은 풀이 차갑게 느껴졌다. 들통은 물살이 치자 부
풀어 올랐고, 세게 당겨졌다. 물은 얼음장처럼 차가웠다. 닉은 들
통을 헹구고 물을 가득 채워 야영지로 가져왔다. 강에서 올라갈
수록 공기는 덜 차가웠다.

닉은 나무에 큰 못을 하나 더 박고 물이 가득 든 들통을 걸었
다. 커피포트에 물을 반쯤 채우고 석쇠 아래에 타고 있는 불 위로
장작 몇 토막을 더 얹은 다음 포트를 석쇠 위에 올려놓았다. 닉은
어떤 방식으로 커피를 끓였는지 기억나지 않았다. 홉킨스와 커
피 만드는 방식에 대해 논쟁을 벌였던 것은 기억났지만, 자신이
어떤 의견을 취했는지는 기억나지 않았다. 그는 일단 커피 물을
끓이기로 했다. 그제야 그것이 홉킨스의 방식이었다는 것이 생

각났다. 닉은 한때 홉킨스와 사사건건 다투던 시기가 있었다. 커피가 끓기를 기다리면서 닉은 작은 살구 통조림 하나를 땄다. 그는 통조림 따기를 좋아했다. 살구 통조림을 양철 컵에 쏟아부었다. 닉은 불 위에서 끓고 있는 커피를 지켜보면서 살구 과즙을 마셨다. 처음에는 흘리지 않도록 조심스럽게 마시다가 이내 명상하듯 눈을 감고 살구 조각을 후루룩 빨아들여 입에 넣었다. 생살구보다 더 맛있었다.

닉이 지켜보는 동안 커피가 끓기 시작했다. 커피포트의 뚜껑이 들썩이며 커피와 커피 찌꺼기가 옆으로 흘러내렸다. 닉은 석쇠에서 포트를 들어냈다. 홉킨스의 승리였다. 닉은 빈 살구 컵에 설탕을 넣고 커피를 조금 따라 식혔다. 포트가 너무 뜨거워 부을 수 없었다. 손잡이를 모자로 잡았다. 첫 번째 잔은 우려낼 필요가 없었다. 철저히 홉킨스 스타일이어야 했다. 홉킨스는 그럴 자격이 있었다. 홉킨스는 참 진지하게 커피를 끓였다. 닉이 이제껏 알았던 사람 중 가장 진지했다. 심각하지 않으면서도 진지했다. 아주 오래전 일이었다. 홉킨스는 말할 때 입술을 움직이지 않았다. 폴로 선수였는데 텍사스에서 수백만 달러를 벌었다. 처음 그의 대형 유전이 발견되었다는 전보가 왔을 때, 그는 시카고로 가는 차비를 빌려야 했다. 돈을 보내달라고 전보를 칠 수도 있었다. 하지만 그랬으면 너무 느렸을 것이다. 사람들은 홉킨스의 여자를 금발의 비너스라고 불렀다. 그는 그녀가 진짜 애인이 아니었기에 개의치 않았다. 홉킨스는 아무도 자신의 진짜 여자 친구를 놀리지 못할 것이라고 자신 있게 말했다. 그의 말이 맞았다. 홉킨스는 전보가 왔을 때 떠났다. 블랙리버*에 있었을 때였다. 그가 전보를 받는 데는 8일이나 걸렸다. 홉킨스는 닉에게 22구경 콜트 자동 권총을 주었고 빌에게는 카메라를 주었다. 언제나 그를 기억하라는 뜻이었다. 세 사람은 다음 여름에 함께 낚시를 갈 예정이었다. 홉은 부자였다. 그는 요트를 사서 셋이 함께 슈피리어 호 북쪽 기슭을 따라 항해하자고 했다. 그는 들떠 있었지만 진지했다. 셋은 작별 인사를 나누면서 몹시 서운해했다. 그러나 여행 계획은 없던 일이 되었다. 다시는 홉킨스를 볼 수 없었다. 오래전 블랙리버에서 있던 일이었다.

닉은 홉킨스 방식대로 끓인 커피를 마셨다. 맛은 썼다. 닉은 빙그레 웃었다. 쓸쓸한 맛은 홉킨스 이야기의 결말치고는 나쁘지 않았다. 생각이 떠오르기 시작했다. 물론 너무 피곤해서 곧장 잠에 빠져들리라는 것을 알았다. 닉은 커피를 쏟아버리고 찌꺼기를 털어 불 속에 던져 넣었다. 담배에 불을 붙여 물고 텐트 안으로 들어갔다. 신발과 바지를 벗고 담요 위에 앉아 신발을 바지 안에 밀어넣어 베개를 만들고 담요 사이로 들어갔다.

텐트 앞쪽으로 밤바람에 흔들리는 불빛이 타오르는 것을 닉

---

* 미국 남부 미주리주와 아칸소주를 걸쳐 흐르는 강.

은 유심히 바라보았다. 고요한 밤이었다. 늪지는 조용하기 그지 없었다. 닉은 담요 속에 편안하게 누웠다. 모기 한 마리가 귓가에서 윙윙거렸다. 닉은 자리에서 일어나 앉아 성냥을 켰다. 모기는 그의 머리 바로 위 텐트 천에 붙어 있었다. 닉은 성냥불을 재빨리 모기에게 가져다 댔다. 모기는 불꽃 속에서 만족스럽게 쉬익 소리를 내며 타버렸다. 성냥이 꺼졌다. 닉은 다시 누워 담요를 덮었다. 옆으로 돌아누워 눈을 감았다. 졸렸다. 잠이 쏟아졌다. 닉은 담요 속에 몸을 웅크린 채 잠이 들었다.

CHAPTER XV

그들은 아침 6시에 주 정부 교도소 복도에서 샘 카디넬라*의 교수형을 집행했다. 복도는 좁고 천장은 높았으며 양쪽에 여러 층의 감방이 있었다. 모든 감방은 죄수들로 꽉 찼다. 죄수들은 교수형을 보기 위해 이곳으로 끌려왔다. 교수형을 선고받은 죄수 다섯 명은 맨 위층 다섯 감방에 수감되었다. 세 사람은 흑인이었다. 셋은 아주 겁에 질려 있었다. 백인 하나는 두 손으로 머리를 감싸고 간이침대에 앉아 있었다. 다른 백인은 담요를 머리까지 뒤집어쓴 채로 침대에 납작 엎드렸다.

그들은 벽에 있는 문을 통해 교수대로 나왔다. 사제 둘을 포함하여 예닐곱 사람이었다. 그들은 샘 카디넬라를 부축하고 있었다. 카디넬라는 새벽 4시쯤부터 그런 상태였다.

그들이 카디넬라의 다리를 묶는 동안 간수 둘이 그를 붙들고

---

* 1921년 교수형에 처해진 시카고 마피아 조직원.

서 있었고 사제 둘이 그에게 속삭였다. "사나이답게, 용기를 내세요." 사제 하나가 말했다. 머리에 씌울 두건을 들고 그들이 다가왔을 때 샘 카디넬라는 괄약근을 통제할 수 없었다. 붙들고 있던 간수들이 카디넬라를 놓아버렸다. 간수들은 역겨워했다.

"월, 의자 하나 갖다줄까?" 간수 하나가 물었다.

"갖다놓는 게 낫겠어." 중절모를 눌러쓴 집행인이 말했다.

교수대에는 볼베어링 위에서 움직이는 참나무와 강철로 된 아주 무거운 발판이 있었다. 모두 교수대 뒤 비계로 물러섰을 때, 샘 카디넬라는 목에 밧줄이 단단히 감긴 채 의자에 앉아 있었다. 젊은 사제는 카디넬라 옆에 무릎을 꿇고 작은 십자고상을 들어 보였다. 그 사제는 발판이 아래로 떨어지기 직전 비계 위로 재빨리 물러섰다.

두 개의 심장을 가진 큰 강 2

Big Two-Hearted River Part Ⅱ

아침이 되자 해가 떠올랐고, 텐트 안은 더위지기 시작했다. 닉은 텐트 입구에 쳐놓은 모기장 아래로 기어 나와 아침 풍경을 바라보았다. 밖으로 나올 때 풀잎에 맺힌 이슬에 손이 젖었다. 닉은 바지와 신발을 들고 서 있었다. 해가 막 언덕 너머로 떠올랐다. 눈앞에는 초원이 펼쳐졌고 그 너머로 강과 늪이 이어졌다. 강 건너편 푸른 늪지대에는 자작나무들이 서 있었다.

이른 아침이었고 강물은 맑고 잔잔하나 빠르게 흘렀다. 약 200미터 아래에는 좁아진 강을 완전히 가로지르는 통나무 세 개가 놓여 있었다. 통나무에 막힌 물길은 그 위쪽에 잔잔하고 깊은 웅덩이를 만들었다. 닉이 바라보는 동안 족제비 한 마리가 통나무를 타고 강을 건너더니 늪지로 사라졌다. 닉은 신이 났다. 이른 아침과 강의 풍경에 마음이 들떴다. 아침을 먹기에는 마음이 급했지만, 그래도 꼭 먹어야 한다고 생각했다. 닉은 작은 모닥불을 지피고 그 위에 커피포트를 올렸다. 물이 끓는 동안 빈 병 하나를 챙겨 높은 언덕 가장자리를 따라 풀밭으로 내려갔다. 풀밭은 이슬에 젖어 있었다. 닉은 햇볕에 풀이 마르기 전에 미끼로 쓸 메뚜기를 잡아야겠다고 생각했다. 미끼로 쓰기에 좋은 메뚜기들은 대부분 풀줄기 밑동에 붙어 있었고, 때로는 줄기에 매달려 있기도 했다. 메뚜기들은 춥고 이슬에 젖어 있어서 햇볕이 따뜻해질 때까지 뛰어오르지 못했다. 닉은 중간 크기의 갈색 메뚜기만 골라 병에 넣었다.

통나무 하나를 뒤집자 가장자리 바로 밑에 수백 마리의 메뚜기가 숨어 있었다. 메뚜기의 서식지였다. 닉은 중간 크기의 연한 갈색 메뚜기 50여 마리를 병 안에 담았다. 메뚜기를 잡아 올리는 동안 햇볕에 몸이 데워진 다른 메뚜기들이 달아나기 시작했다. 메뚜기들은 뛰면서 날아올랐다. 처음에는 한 번 팔짝 뛰고, 땅바닥에 내려앉으면 마치 죽은 듯 뻣뻣이 굳은 자세로 가만히 있었다.

닉은 아침 식사를 마칠 때쯤이면 메뚜기들이 다시 원래처럼 활발해진다는 걸 알고 있었다. 풀잎의 이슬이 마른 뒤에는 괜찮은 메뚜기를 한 병 가득 잡는 데 온종일 걸릴 것이고, 모자로 내리치며 많은 메뚜기를 으깨야 했을 것이다. 닉은 개울에서 손을 씻었다. 강가에 있다는 사실이 기분 좋았다. 닉은 통나무를 다시 뒤집어놓았고, 매일 아침 이곳에서 메뚜기를 잡으면 되겠다고 생각했다. 텐트 쪽으로 걸어 올라갔다. 메뚜기들은 벌써 풀밭에

서 힘차게 튀어오르고 있었다. 병 속에서도 햇볕에 몸이 따뜻해진 메뚜기들이 떼를 지어 폴짝거렸다. 닉은 병 입구에 솔가지 조각 하나를 꽂아 마개처럼 눌러 넣었다. 솔가지 조각은 메뚜기들이 튀어나오지 못할 만큼 병의 입구를 적당히 막으면서도 공기가 충분히 통하도록 틈을 남겼다.

닉은 폴짝거리는 메뚜기가 가득 찬 유리병을 소나무 밑동에 기대어놓았다. 그리고 서둘러 메밀가루 한 컵과 물 한 컵을 섞어 부드럽게 저었다. 커피 한 줌을 커피포트에 넣고, 통조림에서 기름 한 덩어리를 떠서 뜨겁게 달궈진 프라이팬에 미끄러뜨렸다. 연기가 피어오르는 프라이팬 위에 메밀 반죽을 살살 부었다. 반죽은 용암처럼 퍼져나갔고, 기름은 지글거리며 튀었다. 메밀 팬케이크 가장자리가 단단해지기 시작하더니 갈색으로 익어가며 바삭해졌다. 표면은 천천히 부글거리며 거품이 일면서 송송 구멍이 났다. 닉은 새 소나무 조각을 이미 노릇해진 팬케이크 밑에 밀어 넣었다. 프라이팬을 좌우로 흔들자 메밀 팬케이크 바닥이 프라이팬에서 떨어졌다. 이걸 그냥 뒤집지 말아야겠다고 닉은 생각했다. 깨끗한 나무 조각을 메밀 팬케이크 아래 끝까지 밀어 넣고 나서 닉은 익지 않은 면이 아래를 향하도록 뒤집었다. 프라이팬 안에서 지글거리는 소리가 났다.

팬케이크가 다 익자 닉은 다시 프라이팬에 기름을 둘렀다. 남은 반죽으로 큼직한 팬케이크 하나와 작은 것 하나를 더 만들

수 있었다.

닉은 큰 팬케이크 하나와 작은 팬케이크에 사과 버터를 발라 먹었다. 세 번째 팬케이크에도 사과 버터를 발라 두 번 접은 다음 기름종이에 싸서 셔츠 주머니에 넣었다. 그런 다음 사과 버터 병을 다시 배낭에 넣고 샌드위치 두 개를 만들 빵을 잘랐다.

닉은 배낭을 뒤져 큼직한 양파 하나를 꺼냈다. 양파를 두 쪽으로 자르고 매끈한 겉껍질을 벗겨냈다. 양파 반 개를 얇게 썰어 양파 샌드위치를 만든 뒤 기름종이에 싸서 카키색 셔츠의 나머지 주머니에 넣고 단추를 채웠다. 닉은 프라이팬을 뒤집어 석쇠 위에 올려두고, 연유를 섞어 노르스름하고 단맛이 나는 커피를 마셨다. 그러고 나서 천천히 야영지를 정돈했다. 작지만 마음에 드는 캠프였다.

닉은 가죽 낚싯대 케이스에서 플라이 낚싯대를 꺼내 조립하고 가방을 텐트 안으로 다시 밀어넣었다. 릴을 장착하고 낚싯대에 달린 동그란 고리를 따라 낚싯줄을 꿰기 시작했다. 낚싯줄의 무게 때문에 손에서 미끄러지지 않도록 좌우로 번갈아가며 잡아야 했다. 줄은 무겁고 두꺼우며 양쪽 끝으로 갈수록 가늘어지는 플라이 낚시용이었다. 오래전에 8달러를 주고 샀는데, 공중에서 들어 올리기 쉽고 낚싯줄이 날아갈 때 평평하고 곧게 앞으로 뻗어 나가도록 묵직하게 만들어졌기 때문에 무게가 없는 플라이*를 쉽게 멀리 던질 수 있었다.

닉은 목줄이 들어 있는 알루미늄 통을 열었다. 목줄은 젖은 모직 패드 사이에 둘둘 감겨 있었다. 닉은 세인트이그너스로 오는 동안 기차의 냉각기 물에 패드를 적셔두었다. 축축한 패드 안에서 명주실로 만든 목줄은 부드러워져 있었다. 닉은 그중 하나를 풀어서 무거운 플라이 낚싯줄 고리에 묶었다. 목줄 끝에는 낚싯바늘을 달았다. 작은데다 아주 가늘고 탄력이 있는 바늘이었다.

닉은 낚싯대를 무릎에 걸쳐놓고 앉아 바늘쌈지에서 낚싯바늘을 꺼냈다. 낚싯줄을 팽팽하게 잡아당겨 매듭과 낚싯대의 탄력도 점검했다. 촉감이 좋았다. 낚싯바늘이 손가락에 박히지 않도록 조심했다.

닉은 낚싯대를 들고, 가죽끈으로 두 번 입구를 동여맨 병을 목에 걸고 개울로 내려갔다. 병 안에는 미끼로 쓸 메뚜기들이 담겨 있었다. 뜰채는 허리춤에 달린 고리에 매달았다. 어깨에는 네 모서리에 매듭을 짓고 그것들을 하나의 끈으로 묶은 긴 밀가루 자루**를 걸었는데, 그게 다리에 가볍게 부딪히며 나풀거렸다.

닉은 몸에 장비들이 주렁주렁 매달린 것이 어색하면서도, 프로 낚시꾼 같은 기분이 들어 뿌듯했다. 메뚜기 병이 가슴에 부딪히며 이리저리 흔들거렸다. 셔츠 윗주머니는 점심거리와 인조

---

* 인공 미끼.
** 간이 어망으로 쓰인다.

미끼를 넣어둔 쌈지로 불룩하게 튀어나와 있었다.

닉은 개울로 들어갔다. 다리에 소름이 끼쳤다. 바지가 다리에 착 달라붙었고, 신발 밑으로 자갈이 느껴졌다. 소름은 발끝에서 온몸으로 퍼졌다.

거세게 흐르는 물살이 다리를 빨아들이듯 휘감았다. 닉이 서 있는 곳은 물이 무릎까지 찼다. 닉은 물살을 따라 걸어 들어갔다. 자갈이 발밑에서 미끄러졌다. 닉은 다리 아래 소용돌이치는 물살을 내려다보며 메뚜기를 꺼내려고 병을 기울였다.

첫 번째 메뚜기는 병의 목 부분에서 튀어나와 개울물 속으로 뛰어들었다. 메뚜기는 닉의 오른쪽 다리 옆에서 소용돌이치는 물살에 빨려 들어갔다가 조금 떨어진 하류에서 수면 위로 떠올랐다. 메뚜기는 빠르게 떠내려가며 허우적거렸다가 잔잔한 수면을 빠르게 흩트리는 원 안으로 사라졌다. 송어가 낚아챈 것이다.

다른 메뚜기가 병 밖으로 머리를 내밀었다. 더듬이가 꿈틀거렸다. 앞다리를 병 밖으로 내밀고 뛰어내릴 채비를 했다. 닉은 메뚜기의 머리를 잡아 들고 가느다란 낚싯바늘을 턱 밑으로 넣어 가슴을 지나 배의 마지막 마디까지 끼웠다. 메뚜기는 앞발로 낚싯바늘을 붙잡고 싯누런 액체를 뱉어냈다. 닉은 바늘에 꼬인 메뚜기를 물속으로 떨어뜨렸다.

닉은 오른손으로 낚싯대를 들고 물살에 휩쓸려가는 메뚜기가 당기는 대로 낚싯줄을 천천히 풀었다. 왼손으로는 릴을 감아 낚싯줄이 막힘없이 풀려나가도록 했다. 메뚜기는 물살의 작은 일렁임 속에 흔들리며 흘러갔다. 그러고 이내 시야에서 사라졌다.

갑자기 낚싯줄이 당겨졌다. 닉은 팽팽해진 줄을 낚아챘다. 첫 번째 입질이었다. 살아난 듯 움직이는 낚싯대를 물살 위로 비스듬히 세우고 왼손으로 릴을 돌려 낚싯줄을 감았다. 낚싯대가 핵 당겨지듯 휘어지면서 송어가 버둥거리며 물살을 거슬러 올라오기 시작했다. 닉은 그것이 작은 송어라는 것을 알았다. 낚싯대를 공중으로 번쩍 치켜 올렸다. 송어가 당기는 힘에 낚싯대가 활처럼 휘어졌다.

닉은 물살에 휘어진 낚싯줄에 걸려 송어가 물속에서 머리와 몸통을 격렬하게 흔들며 버둥거리는 걸 보았다.

왼손으로 줄을 감아 당기고는 지친 몸으로 물살에 맥없이 저항하는 송어를 수면 위로 끌어올렸다. 송어의 등에는 맑은 물 아래 자갈 색깔 같은 반점이 있었고 옆구리는 햇살에 반짝였다. 닉은 낚싯대를 오른팔 겨드랑이에 끼우고 몸을 굽혀 오른손을 물에 담갔다. 잠시도 가만히 있지 않고 파닥이는 송어를 물을 적신 오른손으로 잡고, 입에서 바늘을 빼준 뒤 다시 개울 속에 놓아주었다.

송어는 물살 속에서 흔들리며 불안정하게 떠 있다가 바닥으로 가라앉아 돌들 옆에 자리를 잡았다. 닉은 팔꿈치까지 물에 담가 손을 뻗어 송어를 만져보았다. 송어는 흐르는 물속에서 흔들리지 않고 돌 옆 자갈 위에서 가만히 머물러 있었다. 닉의 손가락이 송어에 닿아 매끄럽고 차가운 물 속 촉감을 느끼는 순간 송어는 개울 바닥에 그림자를 드리우며 순식간에 사라졌다.

'괜찮을 거야, 단지 지쳤을 뿐이야' 하고 닉은 생각했다.

닉은 송어를 손으로 잡기 전에 손을 미리 적셔 송어를 덮고 있는 섬세한 점막이 손상되지 않도록 했다. 마른 손으로 만지면 점막이 손상되어 흰 곰팡이의 공격을 받는다. 몇 년 전 앞뒤로 플라이 낚시꾼들이 가득한 붐비는 개울에서 낚시하다가 흰 곰팡이로 뒤덮인 죽은 송어가 바위 근처를 떠다니거나 배를 드러낸 채 웅덩이에 떠 있는 것을 여러 번 보았다. 그 후로 닉은 강에서 다른 사람들과 함께 낚시하기를 좋아하지 않았다. 같은 일행이 아니면 사람들은 대개 낚시 분위기를 망치기 일쑤였다.

닉은 무릎 위까지 차는 개울물을 헤치며 힘들게 걸어 내려갔다. 개울을 가로지르는 통나무 더미 위쪽으로 약 45미터가량 되는 얕은 물 구간을 지났다.

닉은 미끼가 없어진 낚싯바늘을 손에 든 채 물살을 헤치며 걸어갔다. 얕은 물에서는 작은 송어를 잡을 수 있겠지만 큰 송어를 잡고 싶었다. 이런 시간대에 얕은 물에는 큰 송어가 있을 턱이 없다.

이제 물은 닉의 허벅지까지 찰 만큼 차갑고 급격하게 깊어졌다. 앞에는 통나무 더미에 막혀 차오른 물이 넓은 웅덩이를 이루고 있었다. 물은 잔잔하고 어두웠다. 왼쪽은 풀밭의 가장자리, 오른쪽은 늪지대였다.

닉은 물살을 등지고 균형을 잡으며 병에서 메뚜기를 꺼냈다. 그는 메뚜기를 낚싯바늘에 끼우고 행운을 빌며 그 위에 침을 뱉었다. 그런 다음 릴에서 낚싯줄을 적당히 풀어 메뚜기를 빠르고 깊은 물 위로 던졌다. 메뚜기는 통나무 더미 쪽으로 떠내려가다가 낚싯줄의 무게에 이끌려 수면 아래로 가라앉았다. 닉은 오른손으로 낚싯대를 들고 왼손 손가락 사이로 줄이 풀려나가도록 했다.

입질이 길었다. 닉이 재빨리 낚아채자 낚싯대가 휘청거리며 꺾일 듯 휘었다. 낚싯줄이 팽팽하게 조여졌다가 물 밖으로 느슨하게 늘어졌다가 다시 팽팽하게 조여졌다. 무겁고 위험한 끌어당김이 계속됐다. 당기는 힘이 세져 낚싯바늘이 달린 목줄이 끊어질 것 같다고 느낀 순간, 닉은 줄을 풀었다.

낚싯줄이 급하게 풀리면서 릴에서 기계적인 마찰음이 났다. 너무 빨랐다. 닉이 손쓸 틈도 없이 낚싯줄이 빠르게 풀리면서 릴은 높은 음을 냈다.

줄이 다 풀려 릴의 심이 드러나자 닉은 너무 흥분한 나머지 심장이 멎을 것만 같았다. 그는 허벅지 위까지 올라오는 얼음처럼 차가운 물살을 등지고 서서 왼손 엄지손가락으로 릴을 세게 눌렀다. 릴 프레임 속에 엄지손가락을 넣고 있는 것이 불편했다.

닉이 낚아채자 낚싯줄이 갑자기 팽팽해지면서 통나무 더미 너머에서 거대한 송어가 물 밖으로 솟구쳐 올랐다. 그 순간 닉은 낚싯대 끝을 아래로 내렸다. 낚싯줄에 걸린 장력을 줄이려고 낚싯대 끝을 내렸는데 아주 센 장력이 느껴졌고 낚싯줄이 지나치게 팽팽해졌다. 당연하게도 목줄이 끊어졌다. 팽팽했던 낚싯줄에서 모든 탄력이 사라지며 밋밋해진다는 느낌이 들었을 때는 이미 목줄이 끊어진 것이 분명했다. 낚싯줄은 이내 느슨해졌다.

입안이 마르고 허탈한 마음으로 낚싯줄을 감았다. 그렇게 커다란 송어는 처음 보았다. 엄청난 무게와 주체할 수 없을 정도로 강한 힘, 펄쩍 튀어 오를 때 보았던 녀석의 거대한 몸집은 연어만큼이나 커 보였다.

손이 떨렸다. 닉은 천천히 릴을 감았다. 흥분이 너무 지나쳤다. 닉은 살짝 메스꺼움을 느꼈다. 잠시 앉는 것이 나을 것 같았다.

목줄은 낚싯바늘이 매어 있던 부분에서 끊어졌다. 닉은 목줄을 손에 쥐었다. 놓친 송어는 빛이 거의 미치지 않는 통나무 아래, 깊은 바닥 어딘가 자갈 위에서 턱에 낚싯바늘이 꽂힌 채 물살을 견디며 꼼짝하지 않고 있을 것이라고 닉은 생각했다.

송어는 이빨로 낚싯바늘에 달린 목줄을 끊어냈겠지만, 바늘은 그대로 턱에 박혀 있을 터였다. 송어는 화가 나 있을 거라고 닉은 확신했다. 어떤 물고기든 저 정도의 크기라면 단단히 화가 났을 것이다. 대단히 큰 송어였다. 단단히 걸렸다. 바위처럼 단단

196

하게! 그놈이 움찔하기 전까지는 낚싯바늘이 바위에 걸린 줄 알았다. 맙소사, 정말 큰 놈이었어! 정말이지, 저렇게 큰 송어 얘기는 들어본 적이 없어! 닉은 혼잣말을 중얼거렸다.

닉은 개울 밖 풀밭 위로 올라섰다. 바지에서 물이 흘러내리고 신발은 질퍽거렸다. 닉은 통나무 앞으로 걸어가 그 위에 앉았다. 아직 남아 있는 강렬한 흥분을 서둘러 가라앉히고 싶지 않았다.

물에 젖은 발가락을 신발 속에서 꼼지락거리며 그는 셔츠 앞 주머니에서 담배를 꺼냈다. 담배에 불을 붙이고, 아직 타고 있는 성냥개비를 통나무 아래로 빠르게 흐르는 물속으로 던졌다. 성냥개비는 빠른 물살을 타고 빙글빙글 맴돌았다. 그러자 조그만 송어 하나가 성냥개비를 향해 솟아올랐다. 닉은 웃음이 나왔다. 그는 담배를 천천히 다 피울 때까지 앉아 있기로 했다.

닉은 통나무 위에 앉아 담배를 피우며 햇볕에 몸을 말렸다. 등에 비친 햇살이 따뜻하게 느껴졌다. 저 앞에서 얕아지며 숲으로 굽이쳐 들어가는 강, 햇살에 반짝이는 여울, 물에 씻겨 매끈한 커다란 바위, 강둑을 따라 늘어선 삼나무와 흰 자작나무, 껍질이 벗겨져 회색빛을 띠는 앉기 좋고 햇살에 따뜻한 통나무. 아쉬운 마음이 서서히 사라졌다. 어깨가 아플 정도로 짜릿했던 전율이 지나간 자리에 격렬하게 밀려들던 아쉬웠던 기분이 천천히 사라졌다. 이제는 괜찮았다. 낚싯대는 통나무 위에 있었다. 닉은 새 바늘을 목줄에 매고 매듭이 단단하게 지어질 때까지 꽉 당겼다.

닉은 미끼를 끼우고 나서 낚싯대를 집어 들고 그리 깊지 않은 강으로 들어가려고 통나무 끝쪽으로 걸어갔다. 통나무 아래와 그 너머에는 깊은 웅덩이가 있었다. 닉은 늪지대 물가 근처의 얕은 가장자리를 돌아 개울 바닥까지 걸어나갔다.

풀밭이 끝나고 숲이 시작되는 왼쪽에는 커다란 느릅나무 한 그루가 뿌리째 뽑혀 있었다. 폭풍우에 쓰러져 숲 쪽으로 누운 나무였다. 흙이 뭉친 뿌리 위로 풀이 자라 단단한 둑처럼 개울가에 솟아 있었다. 강물은 뿌리째 뽑힌 나무의 가장자리까지 파고들었다. 닉이 서 있는 곳에서는 얕은 바닥이 물살에 움푹 파여 마치 바퀴 자국이 난 것 같은 수로가 보였다. 바닥은 자갈투성이였다. 그 너머에는 자갈과 크고 둥그런 바위들이 가득했다. 나무뿌리 근처에서 완만하게 굽이지는 강물이 흐르는 개울 바닥은 점토질이었고, 깊이 파인 수로들 사이에는 녹색 수초잎이 물살에 흔들렸다.

닉이 낚싯대를 어깨 뒤로 젖혔다가 앞으로 휘두르자 낚싯줄은 곡선을 그리며 날아가 수초가 우거진 깊은 수로에 메뚜기를 사뿐히 내려놓았다. 송어가 미끼를 덥석 물었다. 닉은 바로 낚아챘다.

닉은 낚싯대를 뿌리 뽑힌 나무 쪽으로 길게 내민 채 물살을 거슬러 철벅철벅 뒷걸음질 치며, 낚싯대가 꺾일 만큼 마구 요동치는 송어를 위험한 수초 지역에서 넓은 개울 쪽으로 끌어냈다.

송어가 물속으로 파고들 때마다 낚싯대는 살아 있는 듯 휘어졌다. 닉은 물살을 거슬러 살아 움직이듯 휘는 낚싯대를 꽉 쥐고 송어를 끌어당겼다.

송어는 필사적으로 달아나려 했다. 송어가 끄는 힘에 탄력을 잃은 낚싯대는 때때로 물속에서 휙휙 휘어졌지만, 결국 송어는 끌려왔다. 닉은 계속 줄을 잡아당겼다. 송어가 돌진하는 대로 힘을 조절하며 하류로 조금씩 내려가다가 마침내 닉은 낚싯대를 머리 위로 높이 치켜 올려 뜰채 위로 송어를 유인한 다음 건져 올렸다.

뜰채에 걸린 송어는 묵직했다. 등에는 얼룩덜룩한 반점이 있고 옆구리는 은빛이었다. 두툼한 옆구리가 손으로 잡기 좋았다. 그는 아래턱이 커다란 송어 주둥이에서 낚싯바늘을 뺀 다음 몸통을 움켜쥐고, 어깨에 매달려 물속에 잠겨 있는 긴 자루에 미끄러지듯 던져 넣었다.

닉이 물살을 거슬러 입구를 벌리자 자루에 물이 가득 차며 무거워졌다. 닉은 자루 바닥을 강물에 담근 채 들어 올렸다. 옆면 틈을 통해 물이 흘러나가고, 자루 밑바닥에는 송어가 살아서 헤엄쳤다.

닉은 하류로 내려갔다. 자루는 물속에 잠기면서 무거워졌고 앞으로 처지며 어깨를 당겼다.

날은 점점 더워졌고 태양은 뒷덜미를 뜨겁게 달구었다.

닉은 이미 괜찮은 송어 한 마리를 잡았기에 더 잡을 생각이 없었다. 개울은 얕고 넓게 펼쳐졌다. 양쪽 둑을 따라 나무들이 줄지어 있고, 왼쪽 둑에 선 나무들이 한낮의 햇빛을 받아 물 위에 짧은 그림자를 드리웠다. 닉은 나무 그림자마다 송어가 있다는 것을 알았다. 해가 언덕 쪽으로 넘어가는 오후가 되면 송어들은 개울 건너편 시원한 그늘 속에 숨을 것이다.

가장 큰 놈들은 강둑 가까이에 있었다. 블랙리버에서는 늘 그런 놈들을 강둑 가까운 곳에서 잡았다. 해가 지면 송어들은 물살이 센 곳으로 나왔다. 해가 지기 전 반짝이는 햇살에 강물이 눈부시게 빛날 때면 강 어디에서든 큰 송어를 쉽게 낚을 수 있었다. 하지만 그런 시간에는 햇빛에 비친 수면이 거울처럼 눈부셔서 낚시가 거의 불가능했다. 물론 상류에서 낚시할 수도 있었지만, 여기나 블랙리버 같은 강에서는 상류로 가는 일이 말처럼 쉽지 않았다. 빠른 물살을 거슬러 올라가야 했고, 깊은 곳은 몸을 덮치듯 물이 차올랐다. 그렇게 유속이 빠른 상류에서는 낚시가 재미없었다.

닉은 깊은 웅덩이가 있는지 강둑을 살피며 얕은 물줄기를 따라 걸었다. 강 바로 옆에 가지를 물속으로 늘어뜨린 너도밤나무 한 그루가 있었다. 강물이 나뭇잎 밑으로 파고들듯 흘렀다. 저런 웅덩이에는 언제나 송어가 있기 마련이다.

닉은 그곳에서 송어를 잡을 생각이 나지 않았다. 나뭇가지에 낚싯바늘이 걸릴 것이 분명했다.

웅덩이는 제법 깊어 보였다. 닉은 메뚜기 한 마리를 꿰어 물속에 떨어뜨려 보았다. 미끼는 물살에 휩쓸리며 잠겼다가 늘어진 나뭇가지 아래로 들어갔다. 곧 낚싯줄이 세게 당겨졌기에 닉은 재빨리 잡아챘다. 송어는 나뭇잎과 가지 사이로 반쯤 몸뚱이를 내밀고는 거세게 몸부림쳤다. 낚싯줄이 나뭇가지에 걸렸다. 줄을 세게 당기자 송어는 떨어져 나갔다. 닉은 릴로 줄을 감아 들여 낚싯바늘을 손에 쥔 채 개울을 따라 걸어 내려갔다.

커다란 통나무 하나가 전방 왼쪽 강둑 가까이에 쓰러져 있었다. 속이 비었다. 강 상류를 향해 누운 속이 빈 통나무 안으로 물살이 부드럽게 흘러 들어갔다. 양옆으로 잔물결이 살짝 일었다. 물은 더 깊어졌다. 속이 텅 빈 통나무의 윗부분은 잿빛으로 바싹 말랐고, 일부는 나무 그림자에 덮여 있었다.

닉은 메뚜기 병에서 마개를 뺐다. 마개에 메뚜기 한 마리가 달라붙어 있었다. 닉은 그 메뚜기를 손으로 집어 낚싯바늘에 걸고 물 위로 던졌다. 낚싯대를 멀리 내밀어 메뚜기가 물살을 타고 속이 빈 통나무로 흘러 들어가도록 했다. 낚싯대를 아래로 낮추자 메뚜기가 위로 떠올랐다. 묵직한 입질이 왔다. 닉은 당기는 힘에 맞서 낚싯대를 치켜 올렸다. 무언가 꿈틀거리는 역동감을 제외하고는 마치 낚싯바늘이 통나무에 걸린 것 같은 느낌이었다.

닉은 송어를 물살 안쪽으로 끌어내려고 애썼다. 녀석은 무겁게 끌려왔다.

낚싯줄이 느슨해졌다. 닉은 송어를 놓쳤다고 생각했다. 그러던 중 아주 가까운 물살 속에서 송어가 고개를 흔들어대며 낚싯바늘을 빼내려고 애쓰는 모습을 발견했다. 입을 굳게 다문 채였다. 녀석은 흐르는 맑은 물살 속에서 낚싯바늘과 싸우고 있었다.

닉은 왼손으로 릴을 감아 줄을 당기며 오른손으로 낚싯대를 휘둘러 팽팽하게 만든 줄로 송어를 뜰채 쪽으로 유도하려고 했지만, 송어는 시야에서 사라지고 낚싯줄만 물속을 들락거리며 떨렸다. 닉은 물살을 거스르며 송어와 씨름했고, 낚싯대의 탄력에 맞서 물속에서 발버둥 치도록 내버려두었다. 닉은 낚싯대를 왼손으로 옮기고 나서 송어를 물살 위로 끌어올려 낚싯대에 매달려 바둥거리는 녀석의 무게를 견디며 뜰채 안으로 송어가 들어가게 했다. 뜰채를 물 밖으로 들어 올리자 물이 뚝뚝 떨어졌고, 그 안에 반원 모양의 송어가 있었다. 닉은 낚싯바늘을 빼내고 어깨에 멘 자루에 송어를 미끄러져 들여보냈다.

자루 입구를 벌리고 안을 들여다보았더니 물속 자루 안에서 살아 있는 큰 송어 두 마리가 헤엄을 쳤다.

닉은 깊어지는 물속을 헤치고 나와 속이 텅 빈 통나무 앞으로 다가갔다. 어깨에 걸친 자루를 조심스레 내려놓았다. 자루가 물 밖으로 나올 때 송어들은 펄떡이는 소리를 냈다. 그는 송어들이 물속 깊숙이 잠겨 있도록 통나무 옆에 자루를 걸고 통나무 위로 기어 올라가 걸터앉았다. 바지와 장화에서 물이 흘러내려 개울로 들어갔다. 닉은 낚싯대를 내려놓고 그늘진 통나무 가장자리로 옮겨 앉은 다음 주머니에서 샌드위치를 꺼냈다. 샌드위치를 차가운 물에 살짝 적셔 먹었다. 물살에 빵 부스러기가 떠내려갔다. 샌드위치를 먹고 나서 모자를 개울에 담가 물을 한가득 퍼 올렸다. 물은 이내 모자 틈새로 새어 나왔고, 닉은 그 물을 마셨다.

그늘진 통나무 위에 앉아 있으니 시원했다. 닉은 담배를 꺼내 물고 불을 붙이려고 통나무에 성냥을 그었다. 성냥은 잿빛 나무에 박히며 작은 고랑을 만들었다. 닉은 통나무 옆으로 몸을 기울여 딱딱한 데를 찾아 다시 성냥을 그어 불을 붙였다. 앉아서 담배를 피우며 강을 바라보았다.

눈 앞에 펼쳐진 강은 좁아지면서 늪지대로 흘러들었다. 강물은 잔잔하고 깊어졌고, 늪지대에는 몸통이 다닥다닥 붙고 가지가 단단한 삼나무가 무성했다. 저런 늪지대를 걸어서 지나가는 일은 불가능했다. 나뭇가지들이 너무 낮게 뻗어 있었다. 저런 데서 조금이라도 움직이려면 지면과 거의 같은 높이로 몸을 낮춰야만 할 것이다. 억지로 가지를 헤치고 나가기는 불가능해 보였다. 늪지대에 사는 동물들이 지금의 모습인 까닭도 다 그 때문일 거라고 닉은 생각했다.

닉은 책을 가져오지 못한 것을 아쉬워했다. 책이 읽고 싶었다. 늪지대로 더 들어가고 싶지 않았다. 닉은 강 아래쪽을 내려다보았다. 커다란 삼나무 한 그루가 강을 가로질러 비스듬히 누워 있고, 그 너머로 강물이 늪지대로 흘러 들어갔다.

닉은 이제 늪지대에 들어가고 싶지 않았다. 겨드랑이 밑까지 차오르는 깊은 물 속을 허우적거리며 걸어 다녀야 하는 일도 그렇고, 대물 송어를 잡더라도 물 밖으로 끌어내기 힘든 데서 낚시를 하는 일이 내키지 않았다. 늪지대의 둑은 헐벗었고, 커다란 삼나무가 하늘을 가려 햇빛조차 거의 들지 않았다. 깊고 빠른 물속, 음침한 곳에서 하는 낚시는 비극적인 일이 될 수 있다고 생각했다. 늪지대에서 하는 낚시는 언제나 비극적인 결과를 초래할 수 있는 모험이었다. 닉은 비극을 바라지 않았다. 오늘 더는 강 하류로 내려가고 싶지 않았다.

닉은 칼을 꺼내 통나무에 꽂았다. 그런 다음 통나무에 걸어두었던 자루를 들어 올려 손을 집어넣어 송어 한 마리를 꺼냈다. 손으로 잡기 힘들 정도로 꿈틀대는 송어의 꼬리 부분을 잡아 통나무에 내리쳤다. 송어는 부르르 떨더니 이내 뻣뻣해졌다. 닉은 송어를 그늘진 통나무 위에 내려놓고, 다른 송어도 같은 방식으로 목을 부러뜨렸다. 그는 송어 두 마리를 통나무 위에 나란히 놓았다. 훌륭한 송어들이었다.

닉은 송어를 손질했다. 배 밑동에서부터 턱 끝까지 길게 갈랐다. 몸속 내장과 아가미, 혀가 한꺼번에 덩어리째 빠져나왔다. 둘 다 수컷이었다. 긴 줄 같은 회백색의 정액 덩어리가 매끄럽고 깨끗했다. 조밀하게 붙은 내장 전체가 한데 뭉쳐 단번에 깨끗하게 나왔다. 닉은 내장을 개울가로 던졌다. 족제비들이 먹어 치울 것이다.

송어를 개울물에 담가 씻었다. 다시 물속에 송어를 넣었더니 마치 살아 있는 듯 보였다. 아직도 색깔은 그대로였다. 닉은 손을 씻고 통나무에 문질러 말렸다. 그런 다음 통나무 위에 펼친 자루 위에 송어들을 올려놓고 돌돌 말아 묶은 다음, 그 자루를 뜰채에 넣었다. 칼은 여전히 통나무에 꽂혀 있었다. 닉은 칼을 뽑아 나무에 문질러 닦고 주머니에 집어넣었다.

낚싯대를 들고 통나무에서 몸을 일으킨 닉은 무겁게 늘어진 뜰채를 메고 물로 들어가 첨벙거리며 개울가로 나왔다. 그는 둑을 올라 숲으로 들어섰고 높은 지대를 향해 걸어갔다. 이제 그는 캠프로 돌아가고 있었다. 뒤를 돌아보았다. 나무 사이로 강이 간간이 보였다. 늪지대에서 낚시할 날은 얼마든지 남아 있었다.

랑부아

L'ENVOI

왕은 정원에서 일하고 있었다. 왕은 나를 보더니 아주 반가워하는 것 같았다. 우리는 정원을 함께 거닐었다. "여기는 왕비라오." 왕이 소개했다. 왕비는 장미 덤불을 다듬고 있었다. "어서 오세요." 왕비가 인사했다. 우리는 커다란 나무 아래 놓인 탁자 앞에 앉았다. 왕은 위스키와 소다를 가져오라고 했다. "그래도 아직 위스키는 괜찮은 게 남아 있소." 왕이 말했다. 혁명 위원회가 궁궐 밖으로 못 나가게 막는다고 했다. "플라스티라스*는 사람이 아주 좋은 것 같긴 한데 엄청나게 고집이 세다오. 그래도 그 사람들을 총살한 건 잘했다고 생각하오. 케렌스키**가 몇 사람이라도 총살했더라면 상황이 완전히 달라졌을지도 모르겠소만.

---

* 니콜라오스 플라스티라스(Nocolaos Plastiras, 1883~1953). 그리스의 장군이자 완고한 공화주의자로 왕정복고를 막기 위해 두 번의 정변을 일으켰고 총리직을 세 번 역임했다.
** 알렉산드르 케렌스키(Alexander Kerensky, 1881~1970). 제정 러시아의 정치가. 러시아 혁명 당시 임시 공화정 정부의 총리를 지냈다.

물론, 이런 일을 할 때 가장 중요한 건 자기가 총살당하지 않는 거요!"

아주 유쾌한 시간이었다. 우리는 오랫동안 이야기를 나누었다. 모든 그리스인이 그러하듯 왕도 미국에 가고 싶어 했다.

옮긴이의 글

'상실의 시대'라는 강을 건너는 이야기,

《우리 시대에》를 번역하며

한 권의 책이 100년이라는 시간을 견디고 여전히 독자들에게 말을 건 넬 수 있다는 사실은 문학이 지닌 경이로운 힘을 증명합니다. 어니스 트 헤밍웨이의 초기 단편집인 《우리 시대에》가 바로 그런 책입니다. 1925년에 출간되어 올해로 꼭 100년이 되는 이 작품들을 한국어로 옮 기는 작업을 마무리하며, 감개무량한 동시에 무거운 책임감을 느낍 니다.

저는 오랫동안 인간 헤밍웨이와 그의 문학에 매료되었습니다. 헤 밍웨이는 두 번의 세계대전과 스페인 내전 전장 한가운데에서 상실 과 고통을 체험하고, 파리와 키웨스트를 오가며 삶과 문학의 경계를 확장했으며, 스페인 투우, 아프리카 사파리, 대서양 고기잡이 같은 극 한 모험을 통해 삶과 죽음의 경계를 몸소 체득하며 인간 존엄에 대한 깊은 통찰을 얻습니다. 여러 번의 결혼과 이별, 친구들의 죽음과 교통 사고 등 말년의 개인적인 고통을 소재로 글쓰기를 멈추지 않던 그는 1954년 노벨 문학상을 받습니다. 이러한 남다른 인생을 통해 본 세상,

인간이 발 딛고 선 현실의 민낯을 거창한 미사여구나 현학적인 사변 없이 담담하고 편견 없이 직시하는 헤밍웨이의 작가 정신과 시선이 경이로웠습니다. 특히《우리 시대에》를 포함한 헤밍웨이의 초기 작품들은 어떠한 장식이나 화려한 수사도 없이 전쟁의 폭력, 관계의 균열, 상실의 고통, 그리고 숱한 어려움 속에서도 살아남으려는 인간의 의지 등 삶의 가장 날카로운 지점을 파고듭니다.

이러한 헤밍웨이의 간결하고 힘 있는 문장과 작품 속 이야기들은 복잡한 세상에서 방향을 잃고 부유하던 시절, 저에게 삶의 나침반 같았습니다. 직설적인 위로의 말 대신 현실의 무게를 있는 그대로 보여주면서도 그 속에서 희미하게 빛나는 인간의 존엄성을 발견하게 해주는 그의 작품들은 저에게 크나큰 용기와 감명을 주었습니다. 아마도 그때부터 언젠가 반드시 헤밍웨이의 작품을 직접 번역함으로써 그의 문학 속으로 깊숙이 걸어 들어가고 싶다는 소망을 품기 시작한 듯합니다.

《우리 시대에》는 15편의 단편과 본편의 이야기와 관계없는 듯 보이나 본편과 긴밀한 연관이 있는 짧은 삽화들이 씨실과 날실처럼 한 시대의 초상을 엮어내고 있습니다. 전쟁터의 비명과 고향 집의 침묵, 유럽의 이국적인 풍경과 미국 시골의 황량함, 순수한 사랑의 시작과 비참한 끝, 탄생의 고통과 죽음의 갑작스러움이 한데 어우러져 '우리 시대'라는 커다란 그림을 완성합니다.

이 책을 번역하는 동안 저는 100년 전 헤밍웨이의 눈에 비친 세상이 오늘날 2025년을 살아가는 우리의 현실과 별반 다르지 않다는 사실을 다시 한번 느꼈습니다. 국경을 넘어 들려오는 전쟁의 포성, 코로나19 팬데믹과 같이 예상치 못한 질병으로 인해 일상이 흔들리는 경험, 기술 발전의 속도만큼이나 빠르게 변모하는 사회 속에서 개인이 느끼는 소외감과 불안정성 등, 헤밍웨이가 포착했던 '우리 시대'의 문제들은 시대를 초월하여 우리에게도 여전히 유효한 질문을 던지고 있습니다. 어쩌면 인간의 본질적인 고뇌와 세상과의 불화는 시간이 아무리 흘러도 그다지 변하지 않는 것인지도 모르겠습니다.

《우리 시대에》는 이미 여러 훌륭한 번역가들을 통해 독자에게 소개되었습니다. 제가 처음 이 단편집의 번역본을 읽었을 때 그러했듯, 이 단편집을 읽다 보면 여러 단편에 걸쳐 등장하는 주인공 '닉'이 동일한 인물이라는 착각에 빠지고 맙니다. 《우리 시대에》는 '닉'의 연작물이라고 이해할 수 있지만, 사실 각 이야기에 등장하는 닉이 반드시 동일한 인물이라고 단정하기는 어렵습니다.

헤밍웨이는 '닉'이라는 이름을 실제 자신의 닉네임으로도 사용했고, 작품에서는 마치 자신의 분신처럼, 혹은 특정 경험이나 감정을 투영하는 이름으로 자유롭게 썼습니다. 때로는 어린 소년으로, 때로는 전쟁의 상처를 안은 청년으로, 때로는 관계의 어려움을 겪는 성인으로 나타나는 여러 '닉'들은 어니스트 헤밍웨이 본인의 다양한 측면을 반영하기도 하고 그가 관찰한 동시대 젊은이들의 보편적인 경험을 담고 있기도 합니다.

따라서 독자들이 각 단편을 읽어나가는 동안 '이 닉은 이전 이야기에 나온 그 닉인가?' 하고 혼란스러워할 수도 있겠지만, 각 이야기의 '닉'을 통해 드러나는 인간적인 면모와 상황에 집중한다면 작품의 의미를 더욱 깊이 이해할 수 있지 않을까 합니다. 다양한 '닉'들의 파편적인 모습이 모여 결국 '우리 시대'를 살아가는 한 젊은이의 성장과 고뇌의 서사를 이루어낸다고 볼 수도 있습니다.

헤밍웨이의 문체는 '빙산 이론'으로 유명합니다. 표면에 드러나는 간결한 문장들 아래, 거대한 의미와 감정의 덩어리를 숨겨두는 그의 방식은 번역가에게 더없는 도전이자 매력입니다. 단어 하나하나의 선택이 행간의 울림을 결정하고, 문장의 리듬이 인물의 내면 상태를 암시합니다. 저는 이 책을 번역하면서 헤밍웨이가 의도적으로 비워둔 '수면 아래'의 공간을 독자들이 충분히 상상하고 느낄 수 있도록, 표면적인 언어의 정확성과 간결함을 살리고자 노력했습니다.

몇 년 전, 프랑스 파리를 여행하다가 우연히 센(Seine) 강가에 있는 '셰익스피어앤컴퍼니'라는 헌책방에 들렀던 기억이 납니다. 무명작가였던 헤밍웨이가 책을 읽고 동시대의 작가들과 토론하는 한편, 작업실 삼아 글을 쓰기도 했다는 장소입니다. 그곳에 쌓여 있는 책더미 속에서 저는 우연하게도 헤밍웨이의 《우리 시대에》를 발견했습니다. 오랜 세월의 흔적이 고스란히 담긴 낡은 표지와 바랜 종이의 질감을 손끝으로 느끼는 순간, 저는 깊은 감동에 휩싸였습니다. 책이 가진 물리

적인 존재감만으로도 헤밍웨이 문학의 무게와 보편성을 온몸으로 느
낄 수 있었습니다.

　이 책이 100년 전 헤밍웨이 눈에 비친 '우리 시대'와 오늘의 '우리
시대'를 잇는 다리가 되어 그가 담담하게 그려낸 인간 존재의 고뇌와
역설, 그리고 그 속에서 피어나는 작은 희망의 불씨를 독자 여러분의
마음에 오래 남겨둘 수 있기를 바랍니다. 또한 이 책이 복잡한 삶의 물
살을 건너는 이들에게 나침반이 되어, 용기와 희망을 불러오는 계기
가 되길 소망합니다. 부디 이 책이 헤밍웨이 문학의 정수를 만나는 귀
한 경험이 되기를 바라며, 간결하지만 결코 가볍지 않은 그의 문장이
독자 여러분의 마음속에 깊이 자리 잡기를 기원합니다.

2025년
김범우 드림

어니스트 헤밍웨이 연보

어니스트 헤밍웨이(Ernest Hemingway, 1899~1961)는 20세기 미국 문학을 대표하는 작가 중 한 명이다. 그의 삶은 글쓰기만큼이나 다채롭고 파란만장했으며, 이러한 경험들이 그의 작품에 깊이 녹아들었다. 다음은 그의 주요 생애 사건들을 정리한 연보다.

1899년 7월 21일, 미국 일리노이주 오크 파크에서 의사인 아버지와 음악가인 어머니 사이에서 여섯 남매 중 장남으로 출생.

1917년 고등학교 졸업 후 대학에 진학하지 않고 <캔자스 시티 스타>(Kansas City Star)의 수습기자로 일하며 간결하고 힘 있는 글쓰기 훈련을 받음.

1918년 1차 세계대전 중 이탈리아 전선에 적십자 야전병원 앰뷸런스 운전병으로 자원하여 참전. 오스트리아 전선에서 심한 상처를 입어 밀라노 병원에서 치료를 받음. 이때 만난 간호사 아그네스 폰 쿠로프스키와의 로맨스는 훗날 《무기여 잘 있거라》의 소재가 됨.

1919년 미국으로 돌아왔으나 부상 후유증과 전쟁 경험으로 인해 심리적 어려움을 겪음.

1920년 캐나다 <토론토 스타>(Toronto Star)의 특파원으로 일하며 유럽으로 파견됨.

1921년 첫 번째 아내 해들리 리처드슨과 결혼하여 파리에 정착. 이 시기에 거트루드 스타인, 에즈라 파운드 등 당대 유명 작가들과 교류하며 본격적으로 작품 활동을 시작함.

1923년 첫 책인 《세 편의 단편과 열 편의 시》(Three Stories and Ten Poems)를 파리에서 출간.

1924년 《우리 시대에》(in our time)*라는 제목의 짧은 삽화 모음집을 파리에서 출간.

1925년 1924년 판에 단편 소설들을 추가한 《우리 시대에》(In Our Time)를 미국에서 출간하며 작가로서 명성을 얻기 시작.

1926년 첫 장편 소설 《봄의 급류》(The Torrents of Spring)와 대표작 《태양은 다시 떠오른다》(The Sun Also Rises)를 출간. 이 시기를 지칭하는 '잃어버린 세대'의 대표 작가로 자리매김. 해들리 리처드슨과 이혼하고 두 번째 아내 폴린 파이퍼와 결혼.

1929년 1차 세계대전의 경험을 바탕으로 한 대표작 《무기여 잘 있거라》(A Farewell to Arms)를 출간하며 세계적인 명성을 얻음.

1932년 투우에 대한 논픽션 《오후의 죽음》(Death in the Afternoon) 출간.

1935년 아프리카 사파리 경험을 바탕으로 한 《아프리카의 푸른 언덕》(Green Hills of Africa) 출간.

1937년 소설 《가진 자와 못 가진 자》(To Have and Have Not) 출간. 스페인 내전이 발발하자 종군 기자로 활동하며 공화파를 지지.

---

* 이때는 소문자로 표기했다.

1940년 스페인 내전을 배경으로 한 또 다른 대표작 《누구를 위하여 종은 울리나》(For Whom the Bell Tolls)를 출간. 폴린 파이퍼와 이혼하고 세 번째 아내 마사 겔혼과 결혼.

1944년 2차 세계대전 중 종군 기자로 유럽 전선을 취재. 노르망디 상륙 작전과 파리 해방에도 참여. 마사 겔혼과 이혼.

1946년 네 번째 아내 메리 웰시와 결혼.

1950년 장편 소설 《강 건너 숲속으로》(Across the River and into the Trees)를 출간했으나 비평가들의 혹평을 받음.

1952년 노년의 어부와 거대한 청새치의 사투를 그린 중편 소설 《노인과 바다》(The Old Man and the Sea)를 출간. 비평가와 대중 모두에게 큰 찬사를 받음.

1953년 《노인과 바다》로 퓰리처상 수상.

1954년 《노인과 바다》를 포함한 그의 전반적인 문학적 성과를 인정받아 노벨 문학상 수상. 이 시기에 아프리카에서 두 차례 비행기 사고를 당하여 건강이 크게 악화됨.

1960년 쿠바 혁명 이후 미국과 쿠바의 관계가 악화되자, 20년 넘게 살아온 쿠바를 떠나 미국 아이다호주 케첨으로 이주.

1961년 심각한 우울증과 신체적 고통에 시달리다가 7월 2일, 케첨 자택에서 산탄총으로 스스로 목숨을 끊음. 향년 61세.

헤밍웨이 사후에도 《움직이는 축제》(A Moveable Feast, 1964), 《해류 속의 섬들》(Islands in the Stream, 1970), 《에덴의 동산》(The Garden of Eden, 1986) 등 미발표 작품들이 출간되었다.